Björnen sover inte

*Varmt tack till Anders
för ständigt tålamod
och uppmuntran.*

Monica Grönlund

Björnen sover inte

MORD-SYND-DROM

Omslag, illustration: **Monica Grönlund**
Förlag: Ordiraptus förlag
Tryck: BoD – Norderstedt, Tyskland
ISBN:978-91-639-6202-8

1.

Verkligheten som den var

Esters historia

Giftermålet hade kommit till stånd av lämplighet mer än av längtan, eller ens förhoppning. När hon emellanåt tänkte på det så kunde hon inte komma på något som bättre beskrev hennes tillvaro än den här fadda känslan av melerat dunkel.

Alltsedan tidigaste barndomen hade livet bestått av det självklara, det vana och i knappheten, det trygga. De hade vuxit upp i samma by, i samma klunga av hus. Från högsta kullen hade de betraktat myren, de låga björkarna och allra längst bort tallarna som ledde in mot skogen. Ofta hade de pratat om att de ville se hur världen såg ut bortom allt detta.

Varje morgon följdes de åt till skolhuset och på eftermiddagen väntade de på varandra för att sällskapa förbi myren och uppför backen. Dagarna fylldes av allehanda göromål, nätterna av oro och sömnlöshet.

När det blev dags att skapa eget var det självklart att de skulle göra detta tillsammans. För att det var vant och för att huset som låg mellan deras båda barndomshem lämpligt nog blev ledigt. Känslor pratade man inte om, längtade man inte efter. Därför förväntade hon sig ingenting.

Ändå födde hon en dotter.

Ändå blev hon besviken.

Hur tiden förflöt nere vid älven hade hon knappt reflekterat över förrän hon till sist anförtrodde honom att barnet hon bar på inte var hans.

Lekfullheten, som trots allt gjort honom tilldragande, försvann i samma stund som orden lämnade hennes läppar. Efteråt kom hon på sig själv med att sakna hans okynne mer än hon saknat sin egen oskuld.

Hon kunde ha låtit honom förbli okunnig. Men oket var hans nu och han hade ofrivilligt axlat det.

Arvids historia

Helst ville han skänka bort barnet till fattigvården. Han visste bara inte hur han skulle säga det.

Alltsedan den där sensommareftermiddagen, hade mörkret tyngt honom, tills han inte kunde känna något annat. När han skulle raka sig om morgonen, såg han inte längre spegelbilden av gossen som plockade pinnar i skogen och valde ut de bästa för att låta dem torka i föräldrarnas vedbod. Inte heller återfann han ynglingen i sig själv, som känt en obändig lust att tälja kor, katter, hundar och en gång en gris. Tomhet var det han kände när han närmade sig det delvis bortfrätta spegelglaset med rakkniven i vänster hand. Bara det.

Men sedan *kom* ju flickebarnet och då fick man göra som man borde. Så var det för alla. Barnet var fött, men det var ingen trevlig värld det hade kommit till. Och eftersom flickungen inte varit önskad så visste de båda att de inte skulle ha ett enda tröstande ord att ge den lilla.

Alltmedan deras egna kroppar åldrades och kroknade, växte barnet upp till en livskraftig, humorfri kvinna. Hon fann en man som hon kunde älska, gifte sig och fick med honom kärleksbarnet Ellinor.

När Ellinors föräldrar plötsligt omkom efter en **kollision** med en lastbil, som kört mycket fort var det självklart att Ester och Arvid skulle träda in som målsman åt detta nya liv. På något sätt kände de nog båda att de hade fått en andra chans här. Och de bestämde sig för att ge barnbarnet allt, som hennes mor aldrig fick.

Men hur mycket de än tyckte sig förstå om livet och hur starkt de än kom att uppfatta dess villkor så var det ändå inte tillräckligt.

Detta blev uppenbart för dem först när de ställdes inför verkligheten som den faktiskt var.

Ellinors historia

Hon springer iväg, bort bara. Glömde kvar ciggisarna, men skit samma. Djävla fest förresten. Och djävla Olof! Att han alltid ska supa. Nyår. Vilket skämt. Tårarna rinner. Hon torkar med baksidan av sina vita fingervantar. Julklapp från Ester. Då var hon missnöjd. Nu är hon tacksam.

Skogen är mörk, trots månen, trots snön. Hon är inte rädd. Bara förbannad. Hon måste gå. Fort fram till vägen. Den oändliga landsvägen. Förut snöade det. Nu har det slutat. Och kallt. Fan vad kallt! En mil kvar. Klockan är halv ett, minst. Hon sveper halsduken två varv runt ansiktet och munnen.

Hon vänder sig om. Vägen är lång. Lång och rak. Hon har ingen lust att bli fast här mellan skogarna och myren och mörkret. Hennes andedräkt fuktas i halsduken. Det är bättre med munskydd, än utan.

Hemma ligger Ester och Arvid och sover. De vet bara att hon ska bo över hos en kompis. Hon trodde ju att hon skulle vara tillsammans med Olof. Om han inte supit så förbannat. Han hade försökt slita av henne kläderna där i soffan. Alla såg. Hon vill aldrig träffa honom igen. Aldrig! Hon som bara längtade efter närhet, lite ömhet. Djävla knöl.

Innan motorljudet når henne ser hon två knapp-
nålsstora ljusprickar längst där uppe. Äntligen! Bilen
kör sakta. Tar tid på sig. Nu vill hon bara hem. Krypa
ner i sin sköna säng, dra täcket över huvudet och
glömma. Vakna på förmiddagen och veta att det är
några få timmar fram till nästa mörker. Fötterna är
som istappar. Kan den inte komma nån gång!

Klockan 01.05
Föraren saktar in. Stannar. Hon väntar på att han
ska trycka upp sidodörren.

"Vill du ha lift?"

"Jättebussigt. Fan vad jag fryser!"

"Hoppa in du bara."

Han tar tag i hennes hand, den snöiga vanten när
hon kliver upp på det nedersta steget.

Han styr ut från snövallen. Såhär vintertid smal-
nar körutrymmet. Plogningen har fyllt vägrenens
hela bredd med snömassorna från i julas.

Hon sitter tyst i framsätet. Om en kvart är hon
hemma. Skönt. Värmen gör henne gott. Hon tar av
sig mössan och halsduken. Vantarna behåller hon
på. De tunna fingrarna är alldeles stela av köld. Hon
kan inte röra tårna i kängorna.

Först ser han henne bara som en liftare. Hon som
bor hos det gamla paret. Vad var det nu de hette? Es-

ter och Arvid, just det. Men flickan – hennes namn minns han inte.

Han tänker egentligen inte på något annat än på hennes smala händer, hur hon gnider fingrarna mot varandra. Inte förrän hon sparkar av sig den vänstra kängan, vet han.

Hennes lilla kropp vrider sig i en båge i framsätet, kränger, krånglar och så översta knappen på duffeln.

"Varit på fest?" Han säger det mest för att ha något att göra.

"Mmmm."

Det är varmt i hytten så hon knäpper upp också resten av knapparna. Den tunna klänningen, som inte ger mer skydd än ett nattlinne, ger inga signaler. Men brösten, som fortfarande darrar av köld.

"Hemåt? "

"Absolut."

Hon sluddrar. Han hör det, och ändå inte.

Han svänger klumpigt in på stigen som leder upp för backen. Värmen har gjort henne dåsig. Han stannar och släcker lyktorna.

Alla sover. Sover gör också flickan på sätet bredvid honom. Han sitter här och låter blicken smeka hennes tunna kropp. Så stryker han med handen över magen, upp över brösten och ner mellan låren. Hon sover djupt och märker inget. Hans upphetsning är så stark att han får svårt att starta igen. Så låter han de tunga hjulen sakta rulla ned för slänten och tar inte av förrän han ser den blå reflexbrickan som dinglar från en av granarna vid vägens början. Här kör han in och nedför slänten ett stycke. Sedan stannar han. Månen belyser snön. Runt omkring honom står tallarna, som mörka streck mot det ljusa, ljusa.

Det är egentligen ingen tvekan om vad han vill, men han tänker det inte – inte i ord. Bara i bilder och i den starka upphetsning som han känner. Han stryker med handen över hennes kind, över de slutna ögonlocken. Hon vaknar till, gnyr sömnigt. När hon öppnar ögonen lägger han snabbt handen över hennes ansikte och trycker till. Han håller armen i ett fast grepp över hennes bål, hon vrider sig krånglar, försöker skrika.

Skogen är tyst. Enda tecknet på liv är kroppen som rycker och sedan slaknar. Han lyfter bort sina händer från hennes mun och näsa.

Han känner sig fortfarande rusig av upphetsning, när det går upp för honom att hon har slutat andas.

Han är ingen traditionell naturmänniska. Det närmaste naturen han har kommit är här i skogen, just den här egendomliga natten. Han funderar inte över vilka djur som går i ide, eller att det faktiskt finns både lo, järv och varg hela vintern. Och även björn, fram på vårkanten, då dagstemperaturen når upp emot femton plus och nattemperaturen fortfarande ligger under tio minus. Han tänker inte på hur mycket snö som skall falla och packas över hennes kropp. Liksom han heller inte funderar över vilka djur som ska känna vittringen.

Ingen har sett att de två har mötts. Ingen kommer att veta att han alls har varit här. För så långt han kan tänka, är det enbart i bedrövelse och förtvivlan som han väljer att fortsätta backa ut igen på den oplogade grusvägen och därefter på den mörka landsvägen.

Så vitt han kan förstå så har allt skett av en olycklig slump. Han ville ju bara lugna henne, men han kan inte tänka klart och nu vill han bara bort härifrån.

*

Det måste ha blivit bra mycket mildare, för snön faller nu med tunga flingor som snabbt täcker bilens sluttande framruta så att han inte kan se vägbanan.

Aron Lidman svär högt över att han inte har brytt sig om att byta ut de slitna torkarbladen. Han har kört med sin gamla trotjänare Ford Taunus under de mest skiftande förhållanden och den har visat sig långt mer användbar än han vågat hoppas när han köpte den av en bonde, som hade haft den i sin lada och knappt använt den. Men i kraftigt snöväder står den sig slätt. Åtminstone om det är dåligt vägföre och om torkarbladen i kombination med det, för länge sedan tjänat ut. Snömassorna har gjort landsvägen smalare, vilket inte ger särskilt mycket spelrum åt en bil som den här, särskilt som sikten är lika med noll.

I ett slag känner han sig lika svag och orkeslös som torkarbladen, som nu helt har lagt av och fastnat halvvägs. Detta tvingar honom att köra så långt han kan komma närmast vägkanten, tills hjulen sakta börjar kasa. Han förstår att det bara är att vänta ut eländet. Stanna och hoppas att han inte blir helt insnöad. Kanhända att någon förbipasserande lägger märke till honom. *I detta vädret?* Han säger det högt, lyssnar till ljudet av sin egen röst. Högt och tydligt. *Vem fan ska se mig nu?* Orden låter extra grötiga, för han har ännu inte riktigt tagit in det som hänt i sin trånga, förbannat ynkliga skalle. Vad tusan skulle han ut och köra för?

Han har ingen som väntar på honom, ingen som kommer att undra varför han inte kommer hem eller hör av sig. Han har bara sig själv och så har det varit i bra många år nu. Underhållning och förströelse har han ibland sökt på annat håll. Enstaka gånger, när det varit läge, har han också nyttjat en och annan glad flicka som varit ännu gladare i de pengar han öst över henne, medan hon dansat och låtit tungan glida mellan läpparna. Medan hon sträckt fram sin söta lilla kropp och låtit honom känna på brösten, de yppiga och så sedeln i trosorna och ännu en.

Visst har det varit okej, men han har också känt att det har saknats något. Han har inte kunnat sätta fingret på det, men han har känt det. Något som förbjudit honom att tänka fullt ut. Fram till idag.

Nu sitter han här och om det till äventyrs skulle komma någon så lär de väl inte reagera. Han funderar på hur länge till han kan vänta. Han sträcker sig efter vattenflaskan. Tack vare den kan han hålla ut.

En knapp timme efter att det har slutat snöa kommer hjälpen i form av ett par kraftiga lyktor som målar hela vägbredden gul.

Han har fått ner fönstret ett par decimeter och nu sträcker han ut handen och viftar frenetiskt.

Plogaren stannar genast sitt frustande plåtvidunder. Han hoppar ned och tar ett par kraftiga kliv med en skovel i högsta hugg. Så börjar han gräva, och han tar i, som om det gällde livet faktiskt. Tills bilen slutligen startar vid andra försöket.

"Det har snöat mycket i natt. Kör bak etter plogen" säger räddaren. "Så ska de nog ordna sej, ska du se."

2.

Femton veckor senare

Margots historia

Margot Eriksson kopplade sin jämthund. Dags för en sista runda. Köksklockan visade tjugo över fem. Natten hade varit mycket lång. Inte för hunden, men för henne. Om några timmar skulle veterinären komma och då skulle han få en spruta.

”Sen slipper du ha ont" sa hon, men hon lät inte helt stadig på rösten. När de närmade sig spåret, lösgjorde hon kopplet så att han fick springa lite. Kamraterna i jaktlaget hade rått henne att börja titta på en valp. Men hon visste att hon skulle bli sittande med albumet och bläddra fram bilden på Basker och fjortontaggaren som de knep förrförra hösten. Det var teamwork, säsongens absoluta höjdpunkt.

Det ihärdiga snöandet avtog äntligen; nu bara små fina fjun. Margot var tacksam. Hon ville att hundens sista promenad skulle bli så behaglig som möjligt. Morgonens första vårvinterljus trängde genom tallarna. Basker irrade lite hit och dit. Han var nästan blind, men hörseln och luktsinnet var det inget fel på. Margot klappade med handflatan mot låret. "Hit Basker! Vi ska inte jaga idag."

Hunden gnydde. Nu stod han helt stilla intill en stor gran. Den annars krökta svansen pekade rätt upp. Ett dött rådjur kanske, eller en vilsekommen ren. Korta skall ekade i morgonen.

Hon gick raskt fram till honom och satte sig på huk. Hunden gläfste när hon drog undan en yvig gren.

Flickan låg helt stilla. Margot borstade bort barr och snö från ögonen och den lilla munnen. Samtidigt försökte hon ta in vad hon tittade på. Ellinor Rydholm, hos Bengtsas på Remmet. Hur länge jäntan hade legat här var omöjligt att avgöra. Vintern hade varit svår och vårsolen hade bara börjat tina upp en del av snötjockan. Kroppen såg välbevarad ut. Bara blek, så förfärligt blek.

Basker kretsade runt trädet och flickan. Nosade, gnydde. Då kom gråten, det gick inte att hejda. Dropp från näsan. Hon gned med handflatan och böjde sig fram, efter vad som helst, ett litet tecken bara.

Äntligen fick hon tag om hundhalsbandet och knipsade på kopplet. Sedan plumsade hon längs spåret så fort hon kunde med de slarviga skorna, hem till stugan igen. Genom tamburen och in till köket med värmen från nattens vedeldning. Här blev hon stående. Hunden krafsade på köksdörren, ville ut igen. Stackars Ellinor. Lilla jäntan, som hon sett växa upp och som hon pratat många gånger med. Nu låg hon därute och ingen som såg efter henne.

Gökklockan slog, sju hesa påminnelser.

Inte morföräldrarna. Hon kunde inte ringa dem. Det enda hon kom på var 118 118. En mansröst svarade: "Nummerupplysningen, vem önskas?"

"Jag vill komma i kontakt med jourhavande, polis, vem som helst går bra."

"Var någonstans?"

"Sveg."

"Öh?"

"Härjedalen" fick hon fram.

"Det blir Östersund då."

"Människa, de kommer inte att vara här på flera timmar!"

Men mannen hon pratade med satt troligen i huvudstaden 60 mil söderut. Han hade ingen aning om avstånden i Norrland, eller att vägarna mellan orterna här till stora delar var sönderstyckade av backar och kurvor. Och att de bitvis var erbarmligt dåligt underhållna.

"Jag har ett nummer till Svegs poliskontor här. Vill ni att jag kopplar er dit?"

"Ja, tack."

Två signaler och en ny röst som rabblade upp ett

meddelande. *"Poliskontoret i Sveg är tyvärr stängt över påsklovet. Var vänlig återkom på måndag."* Och så ett journummer dit man kunde vända sig om ärendet var akut. Men det samtalet, visste hon, skulle bli kopplat till sambandscentralen i Umeå, 50 mil norröver och de hade heller ingen aning.

Hon ville skriva upp numret, men hittade ingen penna. Försökte hålla siffrorna i huvudet, men misslyckades. Så sprang hon ut igen, galopperade längs hela den dikade fåran till grannens och bankade på Åke Berggrens fönsterruta. Slog med knogarna, tills hon hörde knarrande steg från övervåningen.

Hon hörde honom muttra; "Det ska vara en djävla bra anledning." Innan dörren äntligen öppnades.

Berggren gned sig i ögonen och kisade på sin granne i den malätna koftan, plisserade kjolen av obestämd färg och robusta raggsockor.

"Vad är det om?"

Margot slöt sin grova näve om räcket så att hon kunde ta sig över det nedersta, trasiga steget.

"Det är Ellinor, från gula huset. Hon ligger ute vid myren, i bara nattlinnet."

"Du ska kanske ge 'na en filt."

"Hon är död."

Han fortsatte in mot köket och rev åt sig två filtar från kökssoffan.

"Ta de här."

Så slog det honom att filtar var väl det sista som behövdes just nu. Därför blev han stående mitt på golvet med tygstyckena i händerna.

"Man kanske bör skyla henne ändå" sa han.

Margot tog emot filtarna, men stod envist kvar på tröskeln in mot köket.

"Har du ringt?"

"Kom inte fram."

"Försök med Harry, han svarar alltid, eller 112."

Hon tänkte det inte just då, men Åke borde kanske ha erbjudit sig att ringa. Varför gjorde han inte det? Varför stod han där som ett fån med de otympliga filtarna? Ville han bara bli av med henne? Eller struntade han i att Bengtsas jänta låg död där ute? Ängslades han över att hela söndagen skulle bli förstörd, eller tänkte han kanske inte alls? Hon bestämde sig för det senare. Han hade väl lika svårt som hon att ta in vad som hänt.

"Ho ligger nere vid myren" sa hon igen.

Medan Margot väntade på att han skulle tänka färdigt sneglade hon ut genom köksfönstret mot bilen som stod parkerad vid kortsidan av huset.

"Det är ju på dina marker."

"Vad ska jag göra åt det?" sa han. "Hon är ju död, eller? Nä, men prova och ring 112, de måste ju skicka nå'n."

När hon slutligen lämnat honom, gick hon en lov

runt bilen och kände med handflatan på motorhu-
ven. Bilen var inte ett dugg kall. Han kunde ha er-
bjudit henne att låna den. Han kunde i alla fall ha
gjort så mycket.

*

Åkes historia

Efteråt kunde han inte bedöma hur länge han hade
suttit med bilnycklarna hoptryckta i näven. Bara att
han måste samla sina tankar. Rekonstruera vad som
sagts, men kanske mer vad som inte sagts. Allt han
uppfattat var vaga antydningar och diffusa ord. Elli-
nor Rydholm var död och hon låg *på hans mark*. Det
låg en *död* flicka invid myren på hans marker. Död,
sedan hur länge? Hon *låg där* och var *död*. Hur
länge skulle det dröja innan han hade Harry här,
med alla frågor. Hur länge?

Han släppte greppet om nyckelknippan och lät
den falla till bordet. Vita och röda veck syntes i
handen. Han placerade sina tankar i två prydliga
rader på köksbordet. I utrymmet mellan alla frågor-
na som han inte lyckades bringa någon reda i, låg nu
också bilnycklarna och blänkte i skenet från den
svaga spislampan. Ett komplicerat mönster av det
som skett och det som bara fanns i hans huvud och
som inte ville försvinna. Som vägrade lägga sig till

beskådande där på bordet. Han hade sett Margot genom fönstret. Både när hon kom och när hon gick. Sett handen som strök över motorhuven. Varför hade hon tagit en sådan omväg? För att känna om han nyligen använt bilen? Vad skulle hon nu rusa iväg och säga?

Hade han låtit nonchalant? Alltför ointresserad? Varför hade hon stått här och flåsat? Tvingat honom att öppna, när han inte ville? Kunde hon inte bara ringt 112 och väntat tills det kom någon?

Ju mer han grubblade, desto hårdare drogs den åt. Snaran som han ständigt bar på. Som han inte kunde bli kvitt.

*

Margot bar in de båda filtarna till sin egen stuga. Hon tänkte att Åke åtminstone kunde ha erbjudit henne att få låna bilen, om hon ville in till Sveg och leta rätt på Harry. Hon sparkade av sig de oknutna kängorna i tamburen, men struntade i att de kletade ner ett par röda gummistövlar. Brasan glödde ännu i vedspisen. Så lyfte hon luren och slog numret till Svegs polisstation. Andra försöket. Den här gången svarade Harry. Han hade vidarekoppling till sin privata mobil.

"Det blev ju en del igår. Inte för att jag tror att polisen skulle stoppa mig och få mig att blåsa. Visst ja, det är ju jag som är polisen."

Så skrattade han, högljutt, som om han inte riktigt hade fattat och fortsatte: "Jag kan förstås inte be dig komma in till Sveg bara för att skjutsa mig ut dit och sedan köra mig hela vägen tillbaka igen?"

Hon kunde nästa höra att han försökte räkna ut hur många mil hon faktiskt skulle behöva köra. Liksom hon också hörde på hans röst att hennes budskap inte hade sjunkit in ännu, att flickan som varit försvunnen så länge att man nästan hade hunnit glömma bort alltsammans, nu hade påträffats.

"Staten betalar bensinen, såklart."

"Jag har inte använt min kärra sen i vintras" sa hon bara.

"Jag måste i alla händelser ringa Östersund. Men det är väl ingen panik? Äh, du fattar vad jag menar."

Den här gången kom inget skratt, men Margot kunde ändå se den breda munnen framför sig, leende. Och det var inte svårt att föreställa sig vad han tänkte. Förbannade karl.

Harrys historia

Han hade inte levt som man borde, alla gånger. Vem kunde förvänta att lagens väktare skulle gå och lägga sig prick klockan tio om kvällarna. Eller glo på TV tills man blev nästan svimfärdig. Halvligga i soffan, inte tänka, inte bry sig om något. Eller ligga på magen ute i markerna med bössan, timme efter timme. Inte konstigt om man fick problem med gikten.

Men om man ville göra något annat än att bara harva i en oändlig räcka av frågor som aldrig ledde någon vart, vad gjorde man då?

Harry trivdes på krogen. Här brukade han också få sina tips och det var inte sällan som han tänkt att krogmiljön var den bästa grogrunden för ett kreativt polisarbete. Fast det hade han inte sagt till så många.

Den allmänna uppfattningen om Harry Hansson var att han var en bra polis. Trygg och självsäker. En som man kunde anförtro sig åt och veta att det man sagt stannade hos honom. Visst pratade han gärna och ganska högljutt, men aldrig om människors privata angelägenheter.

Själv ville han gärna tro att han var en skarp och kvicktänkt polis. Men det han inte såg, som hans vänner visste, var att hans kompetens när det gällde att lyssna, vida överglänste hans förmåga att se de brottsliga sammanhangen.

Herregud, han var ju bara en enkel polisinspektör. Hans vardag brukade fyllas av obetalda bilskatter eller i värsta fall att förhöra någon som olovandes hade lånat sin grannes cykel.

Allt som oftast kunde det handla om att förstärka polisen i Funäsdalen när som turister varit inblandade i krogslagsmål. Då satte man in resurser. Då kallade man på Harry. Och Harry ställde upp förstås.

Något direkt brottsklientel kunde man inte påstå att Härjedalen i övrigt inrymde. Om ett brott var begånget så hittade man gärningsmannen, med få undantag, bland gästande personer utifrån. Detta var hans, och resten av den bofasta befolkningens övertygelse.

Harry Hanssons Härjedalen bestod av timida, gästvänliga människor. Folk som skötte sitt, utan inblandning av andra. Man hjälptes väl åt i den mån nöden och situationen och vädret så krävde. Kunde man tjäna en slant dessemellan så tackade man inte nej.

Under decenniernas lopp hade polisväsendet i Härjedalen utstått gradvisa inskränkningar vad gällde antalet tjänster. Men den stora omorganisationen, som skett i övriga landet, hade inte drabbat Härjedalen på annat sätt än att dess poliser skickats till Östersund för något som man föredrog att kalla *infasningsträning*. Vad man skulle fasas in till var inte direkt specificerat. Ja och så färre öppettider.

Han tryckte av samtalet med Margot. Ännu en liten stund såg han henne framför sig. Kinderna röda av upprördhet och kanske nariga av morgonkylan.

Han hade inte trott att det redan gick att ta sig så långt ut som till myren. Snön hade fallit ymnigt den här vintern. Även om temperaturen hade stigit successivt så var det långt ifrån barmark överallt. Och tjälen hade säkerligen inte släppt ännu.

Han bryggde kaffet extra starkt och hällde i sig två rejäla koppar, innan han klev in i duschen. I imman genom den heta vattenstrålen såg han dem nu, likt en analog smalfilm som svepte förbi. Robusta Margot, lilla späda Ellinor, krumma Ester, och skinntorre Arvid. Och så den ettrige Eskil Thamm, som han snart skulle bli tvungen att konfronteras med. De hade mötts under utbildningsdagarna i Östersund och Harry hade genast bestämt sig för att han inte tyckte om denne östersundskollega.

I Harrys ögon var Eskil Thamm en självmedveten typ som enligt honom själv alltid hade rätt. Det man inte kunde ta ifrån honom var att han gjorde ett grundligt arbete. Han var tydligen ingen slarver, den där kriminalkommissarien. Ändå fick Harry magknip vid blotta tanken på honom.

*

Direkt efter ett kort, och föga upplyftande samtal med Eskil Thamm, körde Harry raka vägen ut till Remmet för att prata med Ester och Arvid. Han ville hinna med detta innan östersundskollegorna dök upp på scenen. För han tänkte att det här gänget säkert skulle kräva uppassning så gott som dygnet runt. Klockan var bara tidigt på morgonen så han hade gott och väl två timmar på sig innan sällskapet skulle vara här.

Han visste inte hur han skulle formulera sig för det gamla paret. På vägen ut hade han tänkt att han skulle ta det i etapper. Inledningsvis referera lite om sökandet efter jäntan och först därefter föra in talet på att hon nu hade hittats. Eller så skulle han börja med att fråga hur de mådde, få dem att prata om sina krämpor en liten stund och därefter säga som det var.

Ett tredje alternativ var att först göra klart att han hade något mycket tråkigt att berätta och sedan låta saken ha sin gång. Låta dem gråta, och kanske skulle de så småningom känna lättnad att orons tid nu var förbi. Hon var död, men detta besked var lättare att ta än att ingenting veta. All denna oro.

Han höll en lägre hastighet än vanligt. Tankarna kändes orediga och outforskade. När han tuschade i den snedställda skylten som stod nerpålad invid diket, sa han högt för sig sig själv:

"Vad ska hända med deras Bed & Breakfast nu?"

Arvid och Ester mötte honom i sina pyjamaser. Arvid lyfte ned två morgonrockar, som hängde på varsin krok i köket och räckte den ena till Ester.

Harry funderade över varför morgonrockarna hängde i köket och inte i sovrummet. Kanske tillbringade de inte bara morgnarna i sina sängar. Kanhända gick de bara upp för att laga mat och kanske åt de sin mat i sängen också. Han hade sett sådant beteende hos människor som var sjuka utan att det var något fysiskt fel på dem. Deprimerade människor.

Ester satte kokkaffet på spisplattan, vred igång gasen och drog eld på en tändsticka.

"En orkar inte hugga ved längre" sa Arvid. "En är för trött helt enkelt."

Harry väntade medan de hällde upp kaffe och dukade fram kakfat, sockerskål och gräddkanna. Han harklade sig, tog en kaka, sörplade i sig kaffet och harklade sig igen.

Ester och Arvid satt tysta och betraktade honom. De hade själva inte rört vare sig kaffe eller kaka. Deras ögon var riktade mot Harry och nu väntade de på vad han skulle säga.

"Ni kanske förstår varför jag är här" började han. "Det är om jänta. Margot fann't henne i morse."

"Är ho....?"

"Jag är så väldigt, väldigt ledsen" sa Harry. "Ja ho är dö. Jag vet inte så myet mer just. Vi väntar på folk från krim i Östersund. Det kan ta några timmar än."

Han var knappt medveten om det själv, men han

blev alltid mer benägen att prata dialekt när han träffade byfolk. Som att han kom in i deras tänkesätt.

"Har du sett 'na?" sa Arvid. Vet du att de ä ho?"

"Jag har inte varit dit ut, men det ä ingen tvekan, tyvärr. Jag tänkte jag skulle snacka mä er först."

Det var inte mycket de kunde lägga till i vad man redan visste.

"En tystlåten jänta var det" sa Arvid. "Tyst och beskedlig."

"Berättade hon någon gång om skolan?" sa Harry.

"Det blev inte att man pratade så mycjhe" sa Ester. Men jag tror väl hon hade det bra. Hon klagade aldrig i vart fall."

"Kompisar, hur var det med det?" sa Harry.

"Je vet inte hur det var med det" sa Arvid. De kom då inte hit, i alla fall. Je tänkt' att ho' i't bare kunde gett sig av."

"Har hon varit ledsen, jag menar i julas eller så?"

Ester tittade ner i bordet.

"Ho va inte gla', de va ho inte."

"Äh, va vet man om ongan, när di är sådär i tonåren? Di kan va lessna för ingenting och sen e allt plötsligt bare bra igen" sa Arvid.

När Harry återvände ut till bilen, satt det gamla paret kvar i samma ställning som de suttit hela tiden, med nävarna knutna och armarna spända, nedtyngda över köksduken, på båda sidor om det avsvalnade kaffet. Som om blotta ansträngningen att lyfta en hand och föra koppen till munnen hade blivit dem övermäktig.

Hur länge de satt så där, utan att röra sig, utan att säga ett ord, visste de nog inte själva.

Harry hade sagt att han skulle slå en signal när de hade bärgat flickan, men sedan fick de själva bestämma när de ville komma och se henne.

Timmarna förflöt. Förmiddag byttes mot eftermiddag. När mörkret föll på, ringde telefonen. Arvid reste sig långsamt från köksbordet, stoppade av gammal vana en kaka i munnen och gick mot telefonen som hängde på väggen.

När han åter hade satt sig vid kaffebordet sa han.

"Det var ju de je har sagt hele tia. Vi skulle ha lämnat bort henne."

Ester, kisade mot honom med oseende ögon. Den grå starren hade brett ut sig och det var inte mycket hon kunde urskilja i skumljuset.

"Ellinor?"

"Näe, ungen din. Ungen."

3.

Kriminalkommissarie Eskil Thamm anlände till Svegs polisstation under sena eftermiddagen med en springschas och en kvinnlig polisaspirant i hälarna.

Något sa Harry att östersundskollegan behövde detta hov för att ta sig bra ut när han hävde ut sina intelligenta och snabba kommentarer över den förbluffade menigheten. Harry retade upp sig redan innan Thamm hade klivit in genom dörren.

Hans tunna mustasch guppade upp och ned över den ännu tunnare överläppen när han pratade. Och han pratade oavbrutet.

Harry tänkte dessa ord som om han skulle skriva dem i en icke polisiär redogörelse över sina intryck av den mest svårflörtade polisen i hela Jämtlands län.

Hur många kriminalare kunde det finnas i länet? Han fick tänka en stund, men kom fram till att det rörde sig om ett tjugotal. Och av alla dessa så måste det naturligtvis bli Eskil Thamm som skulle komma till Sveg.

Thamm hade sagt i telefon att han skulle se om

han möjligen kunde skicka någon annan. Själv hade han förstås ingen som helst lust. Känslan av att befinna sig i den absoluta obygden kunde bli alltför påtaglig, ansåg han. Men just den här helgen hade alla tagit kompledigt för att vara med sina familjer. Det var bara han i hela huset som hade kompetens nog att handskas med ett dödsfall av det här slaget.

Flickan hade varit försvunnen sedan nyårskvällen. Att hon inte påträffats förrän nu, berodde troligen på den snörika vintern och på att kylan äntligen hade släppt taget om markerna. Detta sade honom i sin tur att man kunde ha att göra med en kropp som legat nedfrusen och dold under snön i säkert ett par månader. Huruvida hon blivit tagen av daga eller om hon rätt och slätt bara frusit ihjäl, återstod ännu att bedöma. Hennes klädsel tydde dock på att hon inte självmant, åtminstone inte av egen vilja, begett sig så långt ut från hemmet denna smällkalla natt.

De båda poliserna hälsade stelt på varandra. Det vill säga, Harry sträckte fram handen. Thamm gav endast en svag nick tillbaka. Ingen handskakning där inte. Harry svor ljudlöst över att han inte sett detta komma. Han hade bestämt sig för att visa upp sin mest hjälpsamma attityd och så gick viktigpettern bara förbi honom. Det slog honom att detta var just en av anledningarna till att han hade valt Härjedalen som sitt arbetsfält. Här fanns bara vanliga enkla

människor som sov på natten och arbetade på dagen.
Det första Eskil Thamm klagade på var vädret,
som kunde varit bra mycket mildare, menade han.
"Var tacksam för det" sa Fonus-Janne, som redan
hade ställt likbilen på polishusets parkering. "Om
det var varmare skulle marken vara så sank att vi
inte hade kunnat ta oss ända fram med båren."

"Jag tänker mest på att det runt femsnåret kom-
mer att bli kraftig nederbörd. Så vi får skynda oss
nu" sa Thamm, som redan hade dragit på sig sina
bruna läderhandskar, samtidigt som han tog ett
raskt kliv ut från poliskontoret.

Så bar det av. En stillsam karavan på tre bilar
körde ut i nordvästlig riktning mot fyndplatsen.
Först kom Harrys bronsfärgade Chevrolet, därefter
Eskil Thamms röda Saab och sist kom Fonus-Jannes
svarta folkvagnsbuss med texten *Håkansons Be-
gravningsentreprenad* i grått och vitt på båda lång-
sidorna.

Luften kändes kylig. Harry tippade på tre eller
fyra plusgrader, inte mer. De hade gott kunnat köra i
80 men höll sig på makliga 60 för att stämningen på
något sätt krävde det.

Bilarna parkerades utefter grusvägen. De fyra po-
liserna och Fonus-Janne, med en hopfällbar bår un-
der armen, traskade över stråket, där en stig förr i
tiden brukade vara synlig. Nu, endast ett knappt ur-

skiljbart mellanrum mellan raka stammar. Tallar, tallar och åter tallar. Ymniga lingonsnår och stenbumlingar täckta av ljusgrå lava doldes delvis under sjok av ännu inte borttinad snö.

Intill den mäktiga granen hade Margot märkt ut stället med en potatisgrep och ett rött sidenband. Hon hade också tänt ett stearinljus, men ljuset hade slocknat innan det nått hälften. Att säkra spår efter en eventuell förövare skulle bli omöjligt, dels för att både Margot och hennes hund hade trampat fram och tillbaka runt platsen men också på grund av den tid som troligen passerat sedan dödsögonblicket.

Granens yviga grenar bildade ett bastant tak över flickan. Det hade skyddat henne i viss mån från det myckna snöandet, men också från att bli upptäckt.

"Hon har nog legat nedfrusen här ett bra tag" sa Harry och kände sig genast dum som sagt så.

"Hur tänker du då?" sa Eskil Thamm.

"Jag t-tänkte bara" stammade Harry, "att det ju har varit utomordentligt kallt och snörikt i år och att björn säkert inte har vaknat än."

"Så trots att det inte finns så mycket ätbart i naturen, eftersom våren har varit *utomordentligt* snörik och kall så skulle björnar och vad mer ändå inte ha känt vittring, menar du?" sa Thamm irriterat.

Harry ångrade att han hade sagt något och han bannade sig själv för att han så med det samma gett kollegan en anledning att replikera. Så han teg. Teg och led, samtidigt som han tänkte att det skulle bli en dryg kväll.

"Björnar är intelligenta djur" sa polisaspiranten som härrörde från Stockholm och hette Ina. "De känner på sig när något är fel."

"Det är en villfarelse att björnar inte skulle kunna äta människor?" sa Thamm.

"Men inte barn" flikade Harry in. "De äter inte barn."

"Herregud, människa. Ett lik är inget barn!"

Det var osäkert om Eskil Thamms sura anmärkning syftade på att han var upprörd över sina korkade medarbetare, eller om han bara var irriterad i största allmänhet. Tydligt var dock att resten av sällskapet upplevde honom som både taktlös och grov. För vem av de närvarande intill denna väldiga gran och inför åsynen av lilla Ellinor, som tycktes vila så fridfullt, skulle kommit på tanken att visa en sådan respektlöshet?

Flickstackarn var död, men när Thamm så abrupt hade tagit ifrån henne det hon varit, tänkt och känt, fylldes deras sinnen av en djup och mycket stor sorg.

Eskil Thamm tyckte tydligen själv att han nått något av en höjdpunkt i sin personliga slutlednings-förmåga. Sekunderna senare tillade han att björnar brukade vara väldigt hungriga när de precis hade vaknat ur sitt ide.

"Dessutom kollade jag innan vi for och den har varit synlig så långt norröver som i Funäsdalen för bara ett par dagar sedan."

Det som ingen sa, och knappt vågade tänka, var det uppenbara. Den tunna flickgestalten under granen, delvis täckt av snö. Hennes vita hud och färglösa läppar. Det blonda håret utdraget runt ansiktet som en solfjäder. Ett arrangemang, som det tycktes. En flicka som troligen dött för att någon annan ville det.

Det som man långt efter skulle undra över och mala om och om igen var frågan; varför just hon? Varför Ellinor Rydholm, av alla människor?

*

I samma stund som Harry ringt och meddelat att de var på väg ut till fyndplatsen, grep Margot tag i en av Åke Berggrens filtar som hon hängt över köksstolen, ringde veterinären om återbud och så gav hon sig på nytt iväg genom skogen mot myren till. En liten lättnad kände hon över att hon fått skjuta upp avgörandet om Baskers avlivning.

När hon kom fram stod redan flera personer och stirrade på den bleka flickstackaren. Också Åke Berggren var där. Men han såg närmast besvärad ut

när han ideligen skrapade med naglarna mot skägg-
stubben. Långt senare skulle hon fundera över varför
han alls kommit dit. Var det bara nyfikenhet? Vem
hade kallat på honom?

Harry och östersundspoliserna var inbegripna i
ett samtal som hon inte ville lyssna på. Harrys upp-
rörda stämma hördes lång väg och hon förstod att
han inte skulle låta sig avspisas av en kriminalpolis
med storstadsfasoner. För dessa betydde ett sådant
dödsfall rätt och slätt arbete.

"Det vi måste göra nu" sa Eskil Thamm, "är att
anteckna våra iakttagelser så att ingenting glöms
bort. Sedan får vi sammanföra dessa och bifoga dem
till teknikernas material."

Han vände sig till polisaspiranten Nina från
Stockholm.

"Ta reda på adresser till flickans närmaste, och
kanske om hon hade några kamrater, för ni har väl
påsklov här också?"

"Det stämmer" sa Harry. "Det verkar som om El-
linor var ganska ensam."

"Här handlar det inte om att gissa, man måste ta
reda på fakta."

Harry kvävde en suck. "Hon bodde hos sin mor-
mor och morfar Arvid och Ester Bengtsa'."

"Hur som helst måste vi nog rappa på nu."
Thamm sneglade upp mot himlen. Mer snö hade re-

dan kommit och gått.

Någon väderkille var han i alla fall inte, den här.

Varsamt hjälptes de åt att lyfta kroppen och lägga henne på båren. Margot täckte över med en av Åke Berggrens hästfiltar.

De dryga två milen tillbaka till samhället, gick frustrerande långsamt. Ovädret som Eskil Thamm hade varnat för, kom i form av hagel, vilket smattrade som kulsprutor mot vindrutorna. Sikten på den ensliga vägen hade med ens blivit i det närmaste obefintlig. Harry störde sig på att kollegan hade fått rätt också i detta med vädret.

"Vi blir tvungna att skicka iväg henne till rättsmedicinen med det snaraste" sa han. "Jag har beställt helikopter till klockan sex i morgon bitti."

Själv skulle han bli kvar i Härjedalen medan förundersökningen pågick.

"Men det lär väl inte bli långvarigt, kan jag tro."

"Så du tror att döden var naturlig?" sa Ina.

"Det har jag verkligen ingen åsikt om" sa Thamm irriterat. "Men eftersom det var antalet månader sedan hon försvann, så räknar jag inte med att lösa gåtan här på plats."

"Men vi bör väl prata med Ester och Arvid, grannar... och sådär?" sa Harry

"Jag har fullt förtroende för att ni klarar av detta

på egen hand." Och därmed var saken avgjord. Eskil Thamm skulle använda Harrys arbetsrum där han kunde ställa sin laptop och Harry fick väl försöka anpassa dig, så gott det nu gick.

"Hur blir det med listan på samtliga elever och deras föräldrar, grannar etc?" sa Tham.

"Jag räknar med att få den på min email så tidigt som möjligt på måndag morgon" sa Harry.

"Herregud, karl!"

Någon förklaring på Thamms utbrott kom dock inte. Istället lät han hakan sjunka ner mot bröstet och slöt ögonen. Antingen var han trött och passade på att ta en mikropaus eller så försökte han koncentrera sig på viktigare saker än att diskutera när namn och nummer till alla berörda personer skulle kunna tänkas inkomma.

Efter en stund rätade han på sig så hastigt att den gistna kontorsstolen knarrade rejält. Han öppnade sin portfölj och halade fram laptopen. Så spretade han ut med fingrarna tills knogarna knakade och skrev överst i ett worddokument.

"Anteckningar:

död flicka – Ellinor Rydholm, målsman?"

Så vände han sig mot Harry som osäkert skruvade på sig.

"Ester och Arvid Bengtsa" sa Harry.

"Bengtsson?"

”Jo."

Därefter fick Margot ge sin redogörelse för hur hon varit ute med hunden och funnit flickan. ”Det var alltså hunden som först såg kroppen och inte du?”

”Han är blind... eller nästan blind.”

”Men du hade inte gått så långt ut om det inte varit för hunden?”

”Jag hade väl inte gått ut alls om det inte varit för jycken.”

En tår letade sig ned för Margots skrovliga kind. Samtliga i rummet såg det och tolkade det som att det var på grund av flickstackaren. Om hon varit ensam hade hon inte skämts att låta tårflödet komma. Inte för Ellinor, men för Basker.

*

För Eskil Thamm, som alldeles nyss hade blivit pappa, kom uppdraget synnerligen olämpligt. Han hade redan skjutit undan all oro för sin egen familj och sitt nyfödda barn, vilka han bara träffat under ett par timmar i anslutning till förlossningen. Eftersom det inte kunde uteslutas att ett brott hade begåtts, skulle han nog ändå bli kvar här ett tag. Åtskilliga härjedalingar hade säkert en koppling till flickan Ellinor, eller till hennes morföräldrar, vilket skulle betyda resor kors och tvärs över landskapet. Att hålla samtliga förhör inne på polisstationen skulle nog bli svårt, för att inte säga omöjligt med tanke på de magra bussförbindelserna. I vilket fall, både tidsödande och opraktiskt. Och han som hatade bilkörning, särskilt när man måste krypa på snirkliga skogsvägar. Inte heller var han lockad av de många timmarna vid köksborden. Småprat var definitivt inte hans starka sida.

Det skulle väl bli nödvändigt att ha med sig Harry i bilen. Eskil Thamm rös vid tanken. Hur man kunde leva här, i det oländigaste av landskap, förstod han bara inte. Han hade förstått att många härjedalingar hade mer än en födkrok. Men hur i hela fridens namn en polis kunde extraknäcka som försäljare av begagnade bilar och även tvättmaskiner, övergick hans fattningsförmåga. Att jaga älg och björn på fritiden eller plocka bär till och med, helt okej. Men tvättmaskiner? En tanke flög genom hans huvud. Harry Hansson, tvättmaskinspolis. Vilka nördar!

Det som utredningen i första hand borde inrikta sig på var förstås att förbereda ett mer formellt förhör med Arvid och Ester. När det gick upp för Eskil Thamm att ingen hade bett att få titta i pensionatets liggare över vilka gäster som övernattat dagarna innan försvinnandet, hade han fått ett vredesutbrott.

Eftersom Harry hatade konfrontationer hade han låst in sig på toaletten medan anfallet varade. Han hörde ord som inkompetenta idioter, dårhus, vansinne och annat otrevligt, genom den stängda dörren. Där satt han hopkrupen och mådde illa. Ja, han mådde verkligen riktigt illa. Den raspiga diskanten i kollegans fräna röst gjorde inte saken bättre.

Det skulle kännas väl magstarkt om de på Eskil Thamms okänsliga manér klampade in och ytterligare rörde upp tillvaron för det gamla paret. Den tystnad som hade lagt sig i deras kök efter att han berättat om fyndet av Ellinor, hade fått Harry att känna sig uppgiven. Ingen skulle behöva överleva sina barn, än mindre sina barnbarn. Han tyckte så synd om dem att han nästan ville gråta.

Dessa stackars människor som strävat och kämpat med att försöka hålla jämna steg med den nya ungdomskulturen. I samma stund som han tänkte det, kom han ihåg att han skulle fråga Margot. Han lyfte luren från skrivbordet. Hennes nummer kunde han utantill.

Hon svarade genast.

"Vad gör du?" sa han.

"Ingenting, egentligen. Man borde väl göra något vettigt, antar jag."

"Och jycken?"

"Han lever. Jag kan inte. Inte än."

"Låt det ta den tid som behövs."

"Hur går det hos er med Thamm och kompani?"

"Inget vidare, eller vi har inte riktigt kommit till skott ännu. Vi väntar på helikoptern. Tänkte fråga om du har lust att följa med ut till Bengtsas i morgon."

"Kanske. Det blir nog bra om jag kan få lite annat att tänka på."

"Förbaskat hyggligt. En vet ju inte vad man ska säga."

"Det är svårt nog som det är, utan att du ska behöva agera psykolog också."

4.

Han ville kunna peka ut mördaren direkt bland de som rört sig i flickans närhet och han ville göra det nu, med detsamma. Hela samhället tycktes stå på vänt. Samtliga hade blickarna riktade mot honom och honom allena.

Han önskade att Eskil Thamm snart skulle återvända till Östersund och att han höll sig så långt från utredningen i Sveg som möjligt. Även om detta betydde att han måste klara upp situationen helt själv. Att han måste invänta utlåtandet från rättsmedicinen i Umeå innan han visste hur han skulle gå vidare hade Thamm säkert ingen, eller knappt någon, förståelse för.

De gamla behövde få sörja sitt barnbarn utan att tvingas kasta misstänksamma blickar på omgivningen. Om de ens tänkte så. Harry var inte så säker på den saken. Han smakade på meningen när han uttalade den högt för sig skälv.

"Om de ens tänker så."

Vad tänkte de egentligen, Ester och Arvid? Så länge han kunde minnas hade de haft det där pensionatet med få övernattningsrum och enstaka gäster. Varför alls besvära sig?

Från och med nu skulle inget bli sig likt. Inte för Bengtssons och inte för honom själv. Detta var han övertygad om. Ellinor hade inte som person betytt något särskilt. Kanske hade hon inte heller varit viktig för någon annan än just för dessa morföräldrar.

Vid tiden för föräldrarnas frånfälle fanns det i Härjedalen ingen barnavårdsnämnd, ingen instans dit man kunde lämna en föräldralös flicka. Jäntan var bara fem år och det var naturligt att morföräldrarna skulle axla ansvaret. Harry hade hjälpt dem att fylla i alla nödvändiga papper och så var saken klar. Jäntan skulle stanna hos dem, hon var deras nu. Fram till den här ödesdigra dagen hade hon varit deras dyraste skatt.

Hur skulle han alls kunna prata med dem?

*

Måndag morgon och mer snö. Innan Harry satte sig i bilen ringde han Margot.

"Jag är på väg nu, åker väl inom stationen först" sa han. "Har du fortfarande lust att hänga med?"

"Är det nåt jag kan göra så hjälper jag gärna till. Det vet du."

Och Harry visste. Margot hade varit en god vän i

många år, långt innan hans egen uppslitande skils-
mässa.

Han körde en sväng om stationen, där Eskil
Thamm redan spatserade fram och tillbaka med
händerna på ryggen, samtidigt som han muttrade
något svårtydbart.

Harry gick ut till pentryt och bryggde sig en kopp
kaffe. Inifrån sitt arbetsrum hörde han Thamms ett-
riga stämma och enstaka ord såsom, *förbaskat* och
inkompetenta latmaskar. Han trodde först att ut-
brottet gällde den försenade helikoptern. Men när
Thamm tog fram sin mobil och började prata på
nytt, förstod han att det rörde sig om personalen på
Östersunds BB, där hans fru och nyfödda dotter låg.

När Margot blev synlig i dörröppningen, stoppade
kommissarien ned telefonen i bröstfickan och ut-
brast. "Vad gör den människan här?"

Harry skyndade till undsättning.

"Jag har bett henne följa med ut till Bengtssons,
eftersom hon känner dem." Han sade det med sådan
pondus att Eskil Thamm fann för gott att muttrande
försvinna in till skrivbordet igen. Han hade större
och betydligt viktigare slag att utkämpa för ögon-
blicket. Något luddigt om *reglementsvidrigt*, unds-
lapp honom dock.

"Strunt i honom" sa Harry och nickade åt Margot
att följa med ut till parkeringen. "Du hade inte be-

hövt köra ända hit. Jag hade kunnat hämta upp dig."

"Jag måste ju försöka få igång kärran någon gång" svarade hon. "Jag blev faktiskt förvånad, den startade nästan på en gång. Men den lät lite konstigt så jag åker helst med dig dit ut."

Harry koncentrerade sig på körningen och Margot försökte skjuta undan tankarna på Basker. Det lyckades inte riktigt.

"Han kan leva länge än, jycken alltså" sa Harry. Det värmde henne att han också tänkte på Basker. Att prata om hunden kändes ändå som någorlunda neutral mark. Det som väntade dem kunde bli betydligt tuffare.

Men vad de än hade trott skulle hända ute i stugan så blev de ändå överraskade.

Mycket kunde nog sägas av folket i byarna, om Bengtssons inte minst. Om dem gick många historier. En gick ut på att deras dotter i själva verket skulle ha varit en bortbyting eftersom de hade behandlat henne så strängt. En annan var att man inte visste vad som försiggick bakom gardinerna i ett hem som så lättvindigt öppnade sin dörr för främlingar.

De tog det lugnt. Blixthalka i samband med hagelbyar var inte ovanligt. Som så ofta förut vid den här tiden kände han sig oändligt trött på vintern.

"Man kunde ju tro att det skulle släppa nu då." Harry sneglade på Margot. Den grova profilen med neddragna mungipor kände han bara alltför väl. De hade gått på samma skola. Som vuxna var de med i samma jaktlag. Men de hade inte blivit riktigt tajta vänner förrän så sent som för två år sedan. Det var då han förstod hur mycket hunden egentligen betydde för henne. Kanske hade han noterat det för att hon ansträngde sig med att kompensera hundens brister, vad gäller synen.

Harry tyckte om hennes enkla, okonstlade framtoning. Hon hade inget av den prestige som gubbarna körde med, och säkert han själv också.

Fast Harry gillade när man kunde släppa loss och bara vara som man var. Naturlig, utan tillgjordhet. Han trodde inte att någon av killarna egentligen trivdes med att vara sådär macho. Alla fräckisarna. Han hade själv också varit sådan, men lagt av när han kom på att han egentligen inte gillade det.

Bengtssons stuga låg i sluttningen, knappt två mil nordväst om Sveg. För tjugo år sedan fanns här en del bebodda hushåll. Allt som åren gick, tunnades befolkningen ut.

Inflyttade familjer tvangs överge sina hem när vattnet sinade i de handgrävda brunnarna. Människor som inte hade upplevt bistrare tider, vek sig för naturens makter och flyttade söderöver. I och med fiberoptik, internet och all annan teknologis intåg i Härjedalen, kunde man kanske förvänta att folk utifrån skulle finna en fristad här, eftersom det nu fanns möjlighet att arbeta på distans. Men i stället för att utökas, halverades antalet bebodda hushåll ute i byarna under loppet av bara några år.

Harry var nära att åter igen skrapa i Bed & Breakfast-skylten när han svängde förbi en pampig, vit trävilla på andra sidan byvägen.

"Måste säga åt dem att flytta skylten" sa han.

"Visste du att det fanns två handelsbodar här en gång? Den ene hade ett stort hushåll med pigor och drängar och jag vet inte allt. Eget kaffe, sålde de till och med."

"Det var handlarna som hade makten på den tia" sa Harry. "De och skolläraren."

"Byn hade en egen fotograf. Det var han som hade den andra handelsboden. De sägs att hans affär gick i stöpet för han lade all sin tid på att fotografera folket i byarna" sa Margot.

"Och nu finns det Bed & Breakfast. Undras hur det går för dem egentligen?"

"Det går väl inte alls, nu när jänta är död."

Margot gav Ester och Arvid var sin kram innan de alla fortsatte in till köket. Ester var rödgråten. Margot gissade att hon hade gråtit ända sedan flickan försvann. "Ni förstår, att det har inte varit lätt. Vi orkar knappt gå upp om dagarna" sa hon.

"Rörelsen" sa Harry. "Hur går det med den?"

"Vi startade B&B:t när dottern och mågen dog. Det gav oss något att göra, höll en sysselsatt."

"Så det är väl dags att avsluta det nu" sa Arvid.

"Vad tyckte Ellinor om att det kom främmande människor hit och sov över och fanns med vid frukosten på morgonen?"

Ester ryckte till.

"Ellinor va' inte som andra. Ho..."

Här brast rösten för henne. "Ho höll sig mest för sig själv."

"Ho brydde sig inte helt enkelt" sa Arvid.

"Kompisar, skolan..." sa Harry.

"Ho var inte som andra."

"Hur många rum har ni" sa Margot plötsligt.

"Va?"

"Hur många gäster kan ni ta samtidigt?"

"De sista åren har vi nästan bara haft en."

"Det är bare ett rum" fyllde Ester i, "det som är bredvid Ellinors."

"Har ni något telefonnummer eller adress?"

"Han är resande, dyker bare opp. Har nästan blivit som en i familjen. Vi brukar skämta om det. Rummet står alltid färdigt." Ester fick en tår på kinden. "Men de är väl slut mä de också nu."

"Varför tror du det?"

"Han har inte va'tt här sen då."

"Var han alltså här över nyåret" sa Harry.

Ester nickade. "Men bare en stund för å fika."

"Vad heter han?"

"De har han allri sagt. Vi bruker bare kalla'n för Gästa'.

"Gösta?"

"Nä gästa', han e bare gästa'.

Harry tittade bekymrat på Margot.

"Varför väljer man att övernatta här och inte i Sveg eller i Funäsdalen?" sa hon.

Efteråt ångrade Margot att hon varit så burdus, men hon hade faktiskt funderat över detta. Vad slags människor kunde det vara som valde att övernatta i en avsides by som den här?

"För att det är litet och familjärt och så är det lagom långt från Funäsdalen, där kunderna finns" sa Harry. På vintern speciellt, har man inte så många timmar att spela på. En tie mil är precis vad man står ut med i mörkret och på snöfyllda vägar." Harry fick en tacksam blick från Arvid.

"Hon var ju på fest i Linsell, men det var väl meningen att hon skulle kommit hem efter det?"

Frågan hängde i luften och ett tag trodde Harry att den skulle framkalla en gråtattack hos Ester. Men hon behärskade sig.

"Hon sa att hon skulle sova över hos Julia. Men när vi ringde dan efter, så sa de att hon hade gått hem istället."

”Var Julia med på festen?”

”Det vet vi faktiskt inte" sa Arvid.

En stund senare, när Harry och Margot åter satte sig i bilen, mörknade himlen och varslade om annalkande oväder. Ute på stora vägen föll de första regndropparna. Fem minuter senare skymdes sikten av snöblandat regn. Harry saktade ned ytterligare och körde in till vägkanten.

”Lika bra att vi tar det lugnt.”

De satt tysta en stund, var och en i sina tankar. Det som de båda förundrades över var hur oerhört ensam den här familjen måste ha känt sig. Så ensamma att de välkomnade en främling som kom en, eller två gånger per år och övernattade i gästrummet. Så tacksamma för detta sällskap att de inte ens nänts fråga honom om hans namn eller telefonnummer.

När de hade dragit varsin djup suck för att fösa ut den hopplöshet som de båda kände" sa Margot;

”Vad är det för kompisar som låter henne promenera en hel mil i mörker och kyla?”

”Hon hade väl inte så många kompisar" sa Harry.

”Men vad är det för folk – det måste ju ha varit vuxna där – som inte kunde ge henne skjuts hem?”

Ovädret mattades av. Harry startade bilen och körde ut i vägbanan igen. När de var nästan framme i Sveg, sa han: ”Jag tycker så förbannat synd om dem. Det känns som att rota i ett öppet sår. Eskil Thamm kommer att avrätta mig."

"Det är ju inte ditt fel, att de inte visste vad den där handelsresanden heter" sa Margot.

Harry hade bett Margot följa med in på stationen så att de tillsammans kunde sammanfatta sina intryck av besöket hos Bengtssons. Han skulle renskriva sina anteckningar" sa han och ville att hon skulle hjälpa till och fylla i eventuella luckor. Men han tänkte inte på reaktionen från Eskil Thamm, förrän han hörde dennes spända röstläge.

"Och här har vi nu centralortens polismakt, tätt åtföljd av traktens expertis nummer ett."

"Äh, ta en kopp fika och var som folk" sa Margot, samtidigt som Harry gick direkt in i köket och måttade slarvigt i några skopor kaffepulver i bryggtratten. Därefter stödde han båda händerna på kanten av diskbänken medan han stirrade på vattenstrålen som rann och rann. Plötsligt visste han inte vad han skulle göra härnäst. Han fascinerades av ljuset från det lilla fönstret som speglades i strålarna, samtidigt som han tyckte sig se en skogsglänta och en flicka under en stor gran. Solen på de utdragna hårslingorna. Snön bitvis djup och förrädisk.

Han vände sig om och såg att Margot redan hade dukat fram tre vita kaffemuggar med Härjedalens vapen i rött och svart.

"Hur länge väntade mördaren?" sa han.

"Vad menar du?"

"Enligt rapporten i vintras så avvek Ellinor någon gång efter tolvslaget. Troligast är väl att hon gick till stora vägen för att försöka få lift."

Varken Harry eller Margot hyste något tvivel om att Ellinor hade bragts om livet. De hade båda stött på döda djur i natur och mark och sett många olika stadier av förruttnelse, för att anta att kroppen kunde ha legat nedfrusen och dold under snömassorna fram till upptäckten igår morse.

"Mördaren kan mycket väl ha stått och lurpassat någonstans. Han har sett henne när hon åkte med sparken från stora vägen och ner till festen, det är ju bara någon kilometer. Sedan har han väl gissat att hon skulle återvända efter tolvslaget."

"Vet vi var den sparken finns nu?" sa Thamm.

"Den stod kvar utanför huset där festen hölls. Ingen mening att försöka åka spark hem, eftersom hon då skulle ha uppförsbacke hela vägen" sa Harry.

"Menar du att det skulle vara någon bekant" sa Margot vänd mot Harry.

"Man kan inte utesluta att den som dödade henne faktiskt också kände henne."

"I så fall är det väl inget som säger att de inte kan ha mötts av en slump. Mördaren står således inte alls och väntar, utan råkar bara passera på vägen."

"Med spark?" sa Harry.

"I bil, säger jag. Det är kallt, så hon får syn på bilen och håller ut tummen. Han stannar så klart, för vem vill inte hjälpa en stackars flicka i kalla vinternatten?"

"Vem är ute och kör efter tolv på nyårsafton?"

"En som har varit på fest" sa Margot.

"Är det möjligt att mordet inte var ett mord, utan en olyckshändelse?" sa Harry.

"Det är fullkomligt meningslöst att diskutera några teorier innan vi vet hur hon dog" sa Thamm, som nu stod lutad mot dörrkarmen som vette mot köket. "Men om man ska spekulera i sån't som vi fortfarande inte vet ett dyft om, så får man räkna på alla möjligheter."

"Hur kan man råka mörda någon av misstag?"

"Det gjordes väl en utredning när flickan försvann, kolla vad som står i den" sa Thamm till Harry. "Prata igen med de ungdomar som var med på festen. Börja där. Var hon deprimerad? Hur mycket alkohol fanns det på festen, var hon berusad? Det är många frågor du kan ställa. Vem köpte i så fall ut? Kolla med systembolaget."

"Det händer att människor sticker härifrån" sa Harry lamt. "Inte så sällan faktiskt."

"Nu vet vi ju att så inte var fallet."

5.

Harry ville inte erkänna det, men Eskil Thamm hade förstås rätt. Han fortsatte emellertid att hävda sig.

"Senast i förra veckan tog vi en hembrännare i Hedetrakten. Om ungdomarna dricker alkohol på fester så behöver den inte komma från systemet."

"Ja, ja det får bli er huvudvärk. Kroppen är nu på väg till rättsmedicinen i Umeå och jag för min del tänker återvända till Östersund. Om ni har några frågor, så ring för allt i världen. Finns det misstanke om brott så dyker det säkert upp lite folk, så platsen måste få förbli avspärrad fram tills att vi vet."

"Det blir nog bra med den saken" sa Harry. "Hur lång tid tror du att det kan ta?"

"Det kan jag verkligen inte säga. Det kan ta hur lång tid som helst beroende på hur länge kroppen har varit nedfryst, respektive upptinad. Men du lär höra ifrån dem."

Så for han iväg. Harry drog en lättad suck när han iakttog den röda Saaben som svängde ut från polis-husets parkering och tog av norrut vid samhällets enda ljuskorsning. Trots att han visste att han nu kunde andas ut, så var han inte beredd på att han skulle komma att sakna den här viktigpettern. Han förstod att det hade funnits en viss trygghet i kollegans erfarenhet av utredningar kring döda människor. Han önskade att hans egen utbildning hade bestått mer av den sociala kontakten med närstående till ett offer. Människor som han inte ville plåga med frågor som fick dem att se den döda kroppen framför sig, snarare än hur hon varit medan hon levde. Fantasin kunde framkalla bilder som han hade velat skona dem från. Men detta var förstås oundvikligt nu. Han måste först tackla sina egna rädslor. Den största av dessa var att gärningsmannen, om det nu fanns en sådan, kunde vara någon som faktiskt hade känt Ellinor och till och med känt henne väl.

Han visste mycket väl att ortsbefolkningen, liksom Ester och Arvid, skulle hoppas på att förövaren kom utifrån. Kanske var de till och med övertygade om att det var en fullkomlig främling som mördat deras Ellinor. Helt enkelt för att det inte gick att föreställa sig något annat. Dessa tankar skulle färdas med honom ständigt, dag som natt. De skulle följa med honom även långt efter att utredningsarbetet ansågs vara avslutat. För sig själv skulle han aldrig bli färdig. För sig själv skulle han alltid undra om han kunde ha gjort något ytterligare.

*

Någon gång i livet kunde det hända att man träffade en person som på bara en kort tid kom att betyda mycket. En som man gladdes åt att hålla kontakten med och som man gärna pratade med i telefon eller skrev långa brev till. Någon som man gladdes åt att tänka på.

Så var inte fallet med Eskil Thamm. Hans avfärd framkallade inga tårar, ingen nedstämdhet eller saknad. Harry såg hans rakryggade och stela profil försvinna bort i vårregnet och av någon anledning kom han att tänka på Thamms fru och nyfödda barn.

Han tänkte;

Vilken man lämnar sin nyfödda unge på BB och beger sig iväg tjugo mil för att titta på en död femtonåring? Vilken man vill alls vara borta från sin familj i ett sådant läge, ens för en halvtimme?

Han kände väl till typen, de som trodde att världen skulle gå under utan dem. Människor där oumbärligheten var själva luften de andades, utan vilken de inte kunde leva. Att tro sig vara oumbärlig. Vilken förmätenhet. Nej han hade verkligen inte tyckt om Eskil Thamm heller denna gång. Han hade känt det som att kollegan kommit med pekpinnar om allt, till och med om vädret. Han hoppades innerligt att han inte skulle hamna i en sådant prekärt läge att han skulle bli tvungen att konsultera honom, än mindre be honom komma tillbaka. Han kunde riktigt se Thamms självbelåtna ansikte framför sig.

Besöket hos Bengtssons hade gjort Harry illa till mods. Han hade känt sig i underläge och detta passade honom inte alls. Inte en polis, vars uppgift är att förhöra människor om ett obehagligt dödsfall. Obehagligt var rätta ordet. Han ville så gärna jämna marken för dessa människor. För dem som sörjde mer än han själv gjorde. Han ville hjälpa dem att återfå balansen i tillvaron och i deras naturliga vardagslunk. Eskil Thamm hade sagt; "du borde ha blivit kurator – inte polis."

Ändå handlade polisens arbetsuppgifter många gånger om just det, att bringa jämnvikt. Och Harry var en god lyssnare. Men det där med fortsatta studier hade inte direkt lockat honom när han var ung och knappast nu heller.

Han suckade ljudligt och öppnade dörren till polisstationen. Värmen var behaglig. Han satte på kaffekokaren. Medan han satt där i sin ensamhet och sörplade på det varma kaffet, tänkte han på Margot. Mer än en gång förut hade hon kommit med tankar och infall som hade hjälpt honom att tänka utanför ramarna. Han beundrade henne för det. Han tänkte på Södra skolan, som visserligen hade fostrat många individualister, genom åren. Margot var helt klart en av de smartaste. Dock hade hon lite väl kort stubin, många gånger. Under skoltiden hamnade hon ofta i slagsmål med både killar och tjejer. Hennes rappa tunga hade slungat ut kommentarer i de mest udda situationer. Men när hon stillade sig och tänkte efter före så kunde hon till och med framstå som en klok och sansad person. Hälsan var dock inte på topp, så numera var hon sjukpensionär, vilket hon var både glad och tacksam för, eftersom hon hade haft svårt att smälta in i tjänstemannamiljön på kommunen.

"Det låter som om Julia är nästa person du bör prata med. Om hon var på festen så hade tjejerna säkert snackat ihop sig" hade hon sagt.

"Jag tänkte också på det" sa Harry. "Men det är inte säkert att föräldrarna vet vad flickorna hade kommit överens om."

"Varför inte slå dem en pling nu på en gång?"

*

Harry kände sig frustrerad. Han var inte rädd för att ibland gena förbi reglementet om han trodde att det kunde skynda på arbetet. Men den här gången måste han åka ensam. Det kändes inte helt bra att låta någon civilperson komma så nära inpå en utredning. Det kunde sluta med katastrof. Dessutom ville han ha full kontroll över vilka frågor som ställdes. Margots rättframma sätt hemma hos Bengtssons hade generat honom. Hon hade dragit lite väl snabba slutsatser och kunde ju inte rimligtvis veta hur Ellinor hade tänkt. Ingen kunde veta det.

Margot hade sagt något om tjejer som smider planer, hur hon och hennes bästis säkert hade hemligheter som föräldrarna inte visste om. Herregud, alla hade väl hemligheter! Men var Julia verkligen Ellinors bästis? Eller hade det bara varit bekvämt att slippa ta sig ända hem efter festen slut?

Julia visade in honom till matsalen. Hon satte sig uppsträckt vid bordets ena kortsida med ett glas saft framför sig. Föräldrarna var inte hemma.

En mycket kort stund tänkte han på att hon var minderårig och att målsman borde varit närvarande, men lika snabbt slog han bort det alternativet. Största chansen att få något ur henne skulle nog vara om det bara var de två i rummet.

"Jag förstår att det är tungt för alla" började han. "Men du kanske kan berätta lite grand om vad ni brukade göra tillsammans, du och Ellinor."

Flickan såg upp från sitt saftglas och nu tittade hon på honom med stadig blick.

"Jag gillar att rida. Men inte så ofta nu, då."

"Brukade ni rida tillsammans?"

"Kanske, eller nej, hon ville väl inte, men någon gång följde hon med dit."

"Var brukar du rida, är det hos någon granne, eller har du en egen häst?"

"Jag brukar cykla till Pålssons."

"Jaha, vi lämnar det, om jag förstått rätt så var du med på nyårsfesten."

"Jag var där. Men jag tyckte inte det var kul så jag gick hem ganska tidigt."

"Skulle inte Ellinor sova över hos dig?"

"Egentligen skulle hon väl, men hon ville stanna kvar för hennes kille hade inte kommit än."

"Lämnade du festen innan tolvslaget?"

"Vet inte vad klockan var, jag hade glömt mobilen hemma."

"Så du vet inte vad det var som gjorde att hon gav sig av ut i smällkalla vinterkvällen?"

Julia skakade på huvudet.

"Och du hörde ingen annan prata om det efteråt... i skolan till exempel?"

"Bara att hon inte kom till skolan."

"Men ni pratade inte om det på rasterna, eller så?"

"Näe... eller...."

"Du kan berätta för mig. Du behöver inte vara rädd. Jag fattar om det är jobbigt det här, men du förstår att minsta detalj kan vara av största vikt."

"Varför? Hon är ju död eller hur? Det är ju inte som att hon skulle börja leva igen."

Harry harklade sig och såg nu henne uppmärksamt på henne. Hon verkade inte nervös, inte orolig.

"Har du någon mer kompis?"

"Ja, alltså Maja, vi har blivit mer tillsammans efter det här med Ellinor."

"Var Maja med på festen?"

"Jo, det var hon ju såklart."

"Jag fick intryck av att du och Ellinor var ganska tajta kompisar. Stämmer inte det?"

"Alltså inte så jätte..."

Harry såg på henne att hon dolde något.

"Har du och Maja pratat om Ellinor och om vad som kan ha hänt?"

Mer hann han inte säga förrän Julias mamma, Linda kom in i rummet. Hon hälsade stelt på Harry och såg frågande på sin dotter.

"Vi pratade lite grand om Ellinor" sa Harry.

"Detta gjorde ni ju i januari."

"Men nu är det viktigt att få bena ut alla tänkbara aspekter."

"Det finns ingenting mer att utforska. Jäntan försvann och nu är hon död."

"Jag förstår att det blir som att riva i gamla sår."

"Nu vill vi bara ha lugn och ro."

"Jo visst naturligtvis, det vill vi alla. Ja, ni får väl

ha en bra eftermiddag, då." Han svängde ut från gårdsplanen och kände sig mer konfunderad än när han kom dit. Både mor och dotter hade varit avvaktande på något sätt. Linda hade inte reagerat över att han satt ensam med dottern och så hade hon varit lite för mån om att understryka att ingenting hade hänt på festen. Men en sak var säker. Något hade hänt. Han trodde inte att det enbart var pratet om alkohol på den där nyårsfesten som gjorde mamman vaksam. Det var något mer och kanske spelade Julia en viktig roll i sammanhanget.

Samtidigt visste Harry att det inte skulle vara någon idé att kalla in Julia till ett vanligt förhör eftersom hennes föräldrar skulle skynda sig att svara istället för dottern. Han kände till Nilssons och visste att de var lite av obstinata till sättet. Inte så att de bråkade precis men på alla typer av samlingar, vare sig det var föräldramöten på skolan, eller kultursammanhang av något slag så var det alltid dessa två; Linda och Fredrik Nilsson som hördes mest. Kanske för att de båda var högröstade men också för att de tycktes anse att deras åsikter vägde tyngst och till varje pris måste föras fram.

En historia som vandrat runt var makarna Nilssons besök på en gårdsauktion i Lillhärdal. Linda bjöd 50 kronor för en ganska medfaren cykel av märket Monark. Båda däcken måste bytas.

Någon i andra änden av folkhopen bjöd 100 kronor. När Linda höjde till 150 blev motbudet 200 varpå Linda tog hem utropet för 250 kronor. Helt ovetande hade Fredrik bjudit över sin egen fru.

Harry trampade på gasen. Julia kunde inte avföras från utredningen, men han behövde mer på fötterna. Hur var det då med nya bästisen Maja?

*

Dagen hade börjat bra. En stark vårsol redan tidigt på morgonen, fick Harry i en utomordentligt bra stämning. Eller var det faktumet att Eskil Thamm hade återvänt till Östersund, att han nu var fri från detta plågsamma plåster och kunde sköta utredningen som han ville?

Ovanligt pigg och avslappnad kom han ut från duschen där han skrubbat kroppen i minst tio minuter samtidigt som han högt och falskt sjungit en gammal svensktoppsdänga; "Vilken härlig da', ha ha ha ha. Man blir härlig gla', ha ha ha ha. Sticka ut med båten till en härlig kobbe, glömma trista jobbe', gör det om du kan."

När han en stund senare stod påklädd och kammade sitt yviga hår kom misstämningen över honom igen. Under gårdagskvällen hade han bestämt sig för att ta en tur förbi Majas hem efter skolans slut.

Kanske skulle han kunna finna henne ensam.

Han parkerade sin bronsfärgade Chevrolet utanför huset. Han öppnade den vitmålade järngrinden som gnisslade lite, stängde den och gick mot dörren.

Maja hade långt och ljust hår med naturligt fall. En snedlugg som inramade det söta dockansiktet. Ögonen klarblå och vakna. Ett ansikte att låta sig betagas av. Ändå kände han sig minst sagt olustig när han slog sig ned på en stol i hörnet av köket. Ett kök som med sin prydliga inredning såg ut att passa den söta flickan. Ända tills hon började prata.

"Mamma är inte hemma" sa hon. Rösten skarp och avvisande. Munnen trumpen som om han hade kommit på henne med något fuffens.

Harry knäppte upp sin fordrade jacka.

"Jag har förstått att du och Julia kommer ganska bra överens numera, eller hur?"

"Vet inte. Jag vill inte snacka förrän hon kommer hem."

"Vem?"

"Mamma, dumskalle!"

Hur kunde en söt flicka, i sådana nätta kläder, häva ur sig detta? Harry kom på sig med att sitta och gapa, av förvåning.

"Och?"

Nu grep ilskan tag. Han behärskade sig.

"Jag skulle vara tacksam om du kunde berätta lite

om ditt och Ellinors förhållande."

"Dröm om det, du."

Så vände hon sig om och gick ut ur köket. Och där satt han ensam och önskade att han haft med sig Margot, i alla fall. Här skulle behövas en kvinna om de alls skulle få något ur den här lilla damen.

Harry gick ut och stängde köksdörren bakom sig. Han var visst medveten om att Majas mamma mycket väl kunde stämma honom för att han försökt fråga ut hennes dotter utan målsmans närvaro. Men något sade honom att hon inte skulle göra det. Samma något som han inte blev riktigt klok på, sade honom också att om han bara kunde tränga igenom den fientliga attityden hos Maja så skulle han komma ett bra stycke framåt i utredningen. Hennes ovilja att prata hade avslöjat att hon visste något.

"Vad hade jag för det?" mumlade han, samtidigt som mobilen ringde.

6.

Härjedalen, detta landskap där husen låg till synes godtyckligt utströdda, lite här och lite där, mätte ungefär dubbelt så stor yta som Skåne.

I Skåne hade brottsligheten ökat explosionsartat främst våldet och drogtrafiken. Landskapets närhet till kontinenten ansågs vara en kraftigt bidragande orsak. Men Skåne, hade han läst, var också pengatvättens och bluffbolagens landskap.

I Härjedalen saknades sådana kontinentala förbindelser som i Malmö. Här fanns närheten till fjällen som en betydande avskärmningsfaktor. I detta kallhål hade man, vid ett av landskapets lägst belägna platser, utstått en vintertemperatur av 54 minusgrader Celsius, vilket endast kunnat mätas med väderlekstjänstens egen specialutrustning. Inte ens i Kiruna hade det någonsin uppmätts samma låga temperatur.

Här, i de glest bebyggda dalarna, liksom vid de ointagliga fjällen, fortlöpte livet genom kalla vintrar och myggstinna somrar. Lika saktmodigt som enträget, stretade man på. År efter år.

Och så nu detta. Ett dödsfall, troligen inget natur-
ligt sådant. För vem skulle arrangera kroppen på ett
sådant sätt? Chansen att någon förbipasserande som
upptäckt en död flicka i skogen, skulle fått impulsen
att dra in henne under en gran och sedan sprida ut
håret likt en solfjäder var alltför osannolik. Inte ens
en galning skulle göra något sådant.

Eskil Thamm hade antytt att detta arrangemang
kunde tyda på någon form av dyrkan. Harry hade
läst om sådant under den veckoslutskurs som han
deltagit i för något år sedan. Det var när ledningen
för den dåvarande nationella förstärkningsorganisa-
tionen, NFO, beslutade att all glesbygdspolis skulle
vidareutbildas som ett led i att öka säkerheten i ut-
markerna.

Harry mindes andra polisers skratt, deras skämt i
hotellkorridoren och pratet om hur föga troligt det
var att man skulle få ett sådant fall på sitt bord. Hur
troligt? Själv hade han bara varit glad att få komma
ut och se något annat, äta annan mat, höra andra
röster. Han hade inte tänkt ett ögonblick på att han
faktiskt skulle kunna lära sig något av en sådan kurs.

Men en del av det som sagts och bilderna som vi-
sats på skärmväggen hade tydligen fastnat, trots att
han inte hade ägnat det en tanke förrän nu.

Att dyrka eller avguda, om man så ville, en annan
människa så starkt att man tog livet av personen i

fråga hade inget med religion att göra. Att älska någon så mycket att man ville behålla personen för sig själv, eller förhindra att denna försvann var enbart själviskt och hade i sig inte något med upphöjning av det mänskliga att göra.

Hade han först ha tagit livet av Ellinor och sedan släpat, eller burit henne ända ut till myren för att placera henne under en gran, arrangerat håret och sedan lämnat henne där? Mitt i vintern. Eller hade han tvingat ut henne i skogen, förgripit sig på henne och därefter dödat henne?

Harry hade tittat efter märken på halsen, men utan att kunna upptäcka några. Men om så ändå var fallet, att hon blivit mördad, så trodde han inte att hon hade dött nyligen.

Harry fnös vid minnet av Eskil Thamms självsäkra tonfall, när han påpekade för säkert sjunde gången, att man måste avvakta med spekulationer tills rättsläkaren sagt sitt. Thamm kunde gott kosta på sig att vara snorkig. Han hade inte sett barnet växa upp. Han hade inte hört henne skratta, eller gråta. Han hade inte sett henne på skolavslutningen, stå framme vid podiet, med en blomsterkrans runt huvudet.

Nästa tanke föll som en en slägga och åstadkom en kraftig huvudvärk; *Men det hade mördaren.*

Mördaren hade betraktat och beundrat sitt offer på avstånd. Kanske varit för blyg för att ta kontakt.

69

Kanske hade han aldrig ens pratat med henne.

Harry drog ett djupt andetag och i samma ögonblick önskade han att Tom Elfversson varit här. Att han hade denne barndomskamrat och kollega att bolla sina misstankar med. Tom var snabbtänkt och insiktsfull och helt utan attityd. En erfaren mordutredare med många år i yrket och med en djup medkänsla för offren i de otaliga mordfall som han hade utrett. Harry hade följt sin barndomskompis karriär, främst via internet och massmedia. Tom var hans idol i polisyrket, såväl som privat. Men detta skulle han aldrig våga avslöja vare sig för Tom själv eller för någon annan.

*

Utredningen kring fyndet av den döda Ellinor gick med snigeltakt. Harry väntade fortfarande på rättsläkarutlåtandet från Umeå. Hans egen slutsats var att detta dödsfall nog inte var det mest okomplicerade de hade stött på.

Två veckor hade redan gått sedan Ellinor påträffades. Två veckor och inte en tillstymmelse till indicier.

Man hade inte hittat några spår på själva fyndplatsen. Efter mängder av snö, varm sol och därefter mer snö hade analys av jordmassorna från en upptinad del i ett granrisstråk, som ledde nästan ända fram till myren, inte gett något resultat. Brutna kvistar tydde på att någon bil, eller traktor, kunde ha kört där men mycket mer än så kunde man inte säga. Harry hade därför slutligen gett order om att avspärrningen runt fyndplatsen skulle plockas bort. Folk ville kunna röra sig i skog och mark, och nu kände han trycket från allmänheten. Fram till den femtonde april var det tillåtet att jaga rödräv. Irriterade jägare hade varit på honom sent som bittida.

Harry kände sig seg och ovillig att ta itu med vare sig sura jägare eller förhör av trilskna skolungdomar. För sex månader sedan hade hans fru Gertrud begärt skilsmässa och flyttat söderut. Sedan dess hade han mest känt sig vilsen. Han hade tagit avstånd från jaktkompisarna. Inte ens krogen hade inneburit någon lockelse. Han hade köpt en flaska från systemet, men att sitta och pimpla själv var ingen hit. Så flaskan hade fått stå orörd i skafferiet i händelse om han skulle få besök.

Exakt tio dagar efter att Eskil Thamm hade rest tillbaka till Östersund knackade det på Harrys dörr.

Han öppnade motvilligt och det var inte svårt att se hur förbryllad han var.

Margot väntade inte på att han skulle bjuda in henne. Snabbt trängde hon sig förbi honom och gick raka vägen in till vardagsrummet där hon sjönk ned i den mjuka soffan. "Jag tycker att du ska ta dig en liten tur till Glissjöberg" sa hon. "Och så ska du knacka på hos min granne Åke."

"Jag har inte påbörjat de riktiga förhören ännu. Det har varit mycket med folket från krim och sådär" sa Harry."

Han visste inte varför han stod här och ursäktade sig, eller varför han känt att han alls måste säga något. Men han ville att hon skulle förstå att han brydde sig. Herregud jäntan var ju en del av dem alla, deras liv. Och nu var hon död.

"Har du fått veta något mer om vad hon hade för sig innan hon försvann?" sa Margot.

"I vintras när det var färskt, när vi letade efter henne så pratade jag med alla som hade varit på festen i Linsell. Men jag tror inte att de har så mycket nytt att tillföra. Herregud, Margot, det var nyår!"

"Du kanske ska granska förhörsuskrifterna på nytt. Kanske hittar du något, som inte verkade intressant då – men nu, kanske...."

Det var bara Margot i hela Härjedalen som kunde tala så till Harry.

"När jänta försvann tänkte man väl att så'nt har ju hänt förut. Det är inte så konstigt om ungdomarna tröttnar på inskränktheten och svårmodet."

Margot höll med. "Vi är förbaskat snabba till att dyvla på andra det vi inte själva vill kännas vid."

"Jag tänker att folk är rädda att någon skall peka på dem och säga; varför gjorde du inte mer? Därför tiger man och låtsas som om inget har hänt."

"Jag tror förstås att en del vet mer än de vill erkänna."

"Du har rätt" sa Harry. Naturligtvis ska jag ta mig ett snack med Åke. Man får ju inte lämna någon väg oprövad."

Han gick ut på trappen och såg på när Margot körde iväg. Bilskrället hostade till och nu rasslade motorn och lät som om den när som helst skulle skära sig.

"Du kanske ska fylla på olja" hojtade han, men han var inte säker på om hon hört honom. Mycket gott kunde sägas om Margot, men särskilt duktig på bilar var hon inte.

*

Redan på eftermiddagen satte sig Harry i bilen och körde nordväst, mot Glissjöberg. På vägen dit funderade han över vad en person som Åke Berggren kunde ha för intresse i en flicka som Ellinor. Kände de ens varandra?

Varför han inte ringt och förvarnat att han skulle komma, visste han inte riktigt. Men vid ett antal gånger hade han varit hjälpt av att kunna överraska den som skulle förhöras. Inget protokoll krävdes här, för det var ju inte fastställt om hon hade bragts om livet, ännu.

Han klev ur bilen och knackade på ytterdörren. Det var myndighetens ödesmättade ljud.Hårt knuten näve mot gistet trä. I dörröppningen stod en tunnhårig, satt gestalt och det slog Harry hur gammal han hade blivit.

"Hej Åke. Får man kliva på?"

Mannen flyttade på sig och lät honom komma in i hallen och köket. Klockan på väggen hade stannat. Liksom själva tiden härinne tycktes stå still.

"Tänkte bara förhöra mig lite grand om jäntan till Ester och Arvid."

Åke nickade.

"Eftersom det var ganska nära här så tänkte jag att du kanske såg eller hörde något då när hon försvann."

Harry hade satt sig ned i kökssoffan medan Åke höll handen på dörrkarmen som om han inte kunde bestämma sig för om han skulle stänga eller lämna en springa öppen.

"Minns inte vad jag gjorde."

"Nyårsafton? Det vet man väl vad man gjorde den kvällen."

"Alltså käringa var i Lund hos Brita och barnbarnet. Alla dagar är lika när man är själv. Jag minns inte att jag gjorde något särskilt då heller."

"Var är Bodil nu?"

"Äh, hon är kvar där nere. Jag vet faktiskt inte när hon kommer hem, om hon kommer."

"Nähä, men nå't gjorde du väl? Du kanske var ute och promenerade..."

"Har ingen hund, vet du."

"Just... "

Åke lämnade sin post vid dörren och gick fram till en av pinnstolarna. När han böjde på knäna för att sätta sig darrade han i hela kroppen.

"Hur är det?" sa Harry och kände sig tafatt. För vad skulle han ta sig till om gubben blev akut sjuk? Sveg översvämmades inte av ambulanser direkt. Hur gjorde andra här, hann han tänka.

"Jag har inte riktigt fattat det förrän nu" sa Åke och fick mer färg på kinderna än nyss. "Att hon är död, alltså. Men vad i allsin dar skulle hon hit för?"

"Det är det vi inte begriper" sa Harry. "Men vi tror att hon har legat nerfrusen ett bra tag."

"Just ja, den där nyårsfesten."

"Så du kände till den?"

"Jag var till Linsells Livs och handla och då var det några fruntimmer som satt och fika där och de prata på så munnarna gick varma."

"Vilka fruntimmer, Åke?"

"Vad heter hon nu igen... käringa från Mosätt?"

"Men den andra då, namnet på henne?"

"Ja den känner jag inte. Vet inte varifrån hon kom, egentligen. Men det var strax före påsk. De pladdrade på som fa-an."

"Nå men vad sa de då? Om festen, menar jag?"

"Bara det att jäntan är borta och att ingen kunde hitta henne. Men de e konstigt hur vissa kan vädra skandal i allt."

"Hur då?"

"Jamen alltså att de tycker att de själv är så jädrans märkvärdiga. Att jäntan försvunnit var hennes eget fel, liksom."

"Varför prata om det så långt efter?" Har du någon aning om det?

"Vet faktiskt inte. Man är inte värd något i andras ögon. De kan snacka hur mycket skit som helst och strunta i om nå'n blir lessen."

"Vem skulle bli lessen, menar du? Vem, Åke?"

"Ja men man kan ju bli lessen. Man ska inte snacka så förbannat, när man inte vet."

När Harry satt i bilen på väg tillbaka till Sveg, svor han högt för sig själv. "Satans, perkele, idioter och gamla spetsar!"

Så korkat att komma helt oförberedd. Åke kunde ju mycket väl vara gärningsmannen, lika mycket som vem som helst.

Vad visste han egentligen om Åke? Mer än att mannen inte hade bott hela sitt liv i Glissjöberg, eller ens i Härjedalen. Han borde ha kollat upp honom, var han kom ifrån. Fanns han i några register och varför i så fall?

Åke hade varit ensam, han hade haft alla möjligheter. Vägen mellan hans hus och fyndplatsen var inte särskilt lång. Och vem fan visste vad en sådan gubbe hade i tankarna egentligen? Hans snack om andras attityder behövde inte betyda något alls.

Harry fick en känsla av att han skulle få igen med råge för det här.

Och mycket riktigt. När han klev in på polisstationen låg redan ett meddelande från Eskil Thamm i Östersund med ett telefonnummer.

Ring mig snarast!

Han drog fram sin mobil och ringde numret. Eskil Thamm svarade genast som om han bara suttit och väntat på att Harry skulle ringa.

"När jag lämnade över ansvaret till er därute så förväntade jag mig att ni kallar de vittnen som skall förhöras i laga ordning och inte att ni åker ut på måfå och överraskar dem."

Thamms röst lät både trött och irriterad.

"Men han har inte sett något" sa Harry.

Genast ångrade han sig.

"Och detta har du dokumenterat, hur?"

"Om vi skulle skicka ut kallelser till alla i god tid innan förhöret så kunde vi få hålla på till dödagar. Det skulle ta för lång tid."

"Det får ta den tid det tar" sa Thamm. "Medan jag ändå har dig på tråden så kan jag bara påminna om rättsmedicinens okulärbesiktning som visade att det med 80% säkerhet kan sägas att offret har blivit tagen av daga, troligen genom kvävning. Nej vi har inte fått den fullständiga rapporten ännu. Men förövaren har sannolikt pressat någonting mot ansiktet."

"Hur är det med..." Harry tvekade. "Har man hittat något spår av sexuellt övergrepp?"

"Det vet jag inte ännu. Men finns det något sådant så kommer det."

"Då kan vi alltså utgå ifrån att Ellinor blev mördad?"

"Dödad, ja. Men om det var överlagt mord eller dråp, vet vi väl inte än" sa Thamm.

Harry tryckte av samtalet. Det var ingen tvekan om att Åke Berggren själv hade ringt och klagat över Svegspolisens något egendomliga förhörsmetoder. Vilket i sin tur sa Harry att han borde titta närmare på vem Margots granne egentligen var.

Det man redan visste var att Ellinor hade gett sig av någon gång efter tolvslaget, eller kanske inom en timma från det. Då var samtliga ungdomar ordentligt fulla. Den rikliga förekomsten av alkohol hade gett upphov till en separat utredning, vilken hade sysselsatt hela personalstyrkan i stort sett ända fram till nyligen.

Det hade slutat med att inga skyldiga kunde pekas ut. Eftersom det inte var olagligt för omyndiga att dricka alkohol så hade man valt att lägga ner under-sökningen och nöjt sig med att ge ungdomarna som deltagit i festen en skarp varning.

Som ofta förr sökte Harry tröst på Knutens Pizze-ria. Kvällen nalkades och dagens skift var över. Han ställde bilen på garageuppfarten till sitt hus på Norra Kolgränd och tog genvägen över järnvägsspåren i riktning mot pizzerian. Han slog sig ned vid ett ledigt bord morsade på innehavaren och beställde en sö-derhavspizza med ananas, banan och curry och en stor stark.

Kvällen var ovanligt mild. Den här tiden tyckte han var den svåraste av alla årstider. Att vänta på att buskar och träd skulle bli gröna var näst intill out-härdligt. När värmen väl kom, om den kom, kunde den vara outhärdligt intensiv, med mygg och knott till förbannelse. Han hade mer än en gång frågat sig varför han stannat kvar här. Kanske för att han inte hade något annat, eller någon annan, som väntade på honom. Kanske för att Härjedalen var allt han visste och för att att han på något sätt ändå kände sig trygg här.

Men just i denna stund när han satt med en av-svalnad halväten pizza och stirrade på de övriga bor-den som blänkte tomma och ödsliga, önskade han att han hade haft någon att diskutera detta dödsfall med. Någon som var insatt i polisens arbete och som själv hade stött på liknande hinder i sina egna utred-ningar. Någon som Tom Elversson i Malmö.

Under Toms besök till sitt barndoms Härjedalen för drygt ett år sedan, hade de båda barndomskam-raterna fått en nytändning i bekantskapen. Om Toms eget sökande efter svar på frågorna kring hans sys-ters plötsliga död hade gett så mycket, visste Harry egentligen inte. Men mötet med Tanja från Skogs-brynet hade tydligen varit lyckat. Ett tag såg det ut som om Tom funderade på att flytta tillbaka.

Harry tittade på mobilen. Halv åtta. Kanske ändå inte för sent. Han fick fram Toms nummer. Någon måste han prata med, annars skulle han bli galen.

7.

Toms historia

I byn Mellersta Grevie, sydväst om Malmö, hade påskfirandet gott och väl avklingat. Äggen var uppätna och påskriset utslängt med soporna. Också här hade den sena våren fört med sig en ovanlig kyla och solfattighet. I alla fall med skånska mått mätt. Ostadigt väder till påsk var i och för sig inget ovanligt. Men våren brukade åtminstone ha kommit igång.

Kriminalinspektör Tom Elfversson satt behagligt tillbakalutad i vilstolen på sin nysnickrade veranda. Han läppjade på den sista slatten av svart Renault, som han lyckats skaka ur flaskan och gladdes åt att han nu äntligen var färdig med byggandet för den här gången. Doften av hyvlat trä försatte honom i en speciell harmonisk sinnesstämning.

På sidobordets glasskiva låg ett färdigt sudoku, med alternativa lösningar, ditklottrade i marginalerna. Det var bara han själv som kunde tyda dem, men han retade sig på att facit inte stämde. Så pass att han hade lust att be om pengarna tillbaka.

När telefonen ringde, kände han att han frös kraftigt. Han funderade lite på om han skulle idas kontrollera värmen i det nyinstallerade elementet, innan han till sist ändå reste sig och lyfte luren från laddaren. Samtidigt läste han avsändarens namn på displayen. Uno Holmberg.

Han släppte ut luften från lungorna i en kontrollerad, men utdragen suck.

"Jaha och vad vill du?" sa han, innan hans överordnade hann få fram sitt ärende.

"Jag ska bara meddela att vi ännu inte har hittat något passande arbetsplats."

"Tjänsten har jag" sa Tom kyligt. Det där med att hitta en fysisk plats som jag kan sitta på, kräver förstås ett kreativt tänkande."

"Du kan ta det själv med Wagnert om du inte tror mig."

Så var samtalet över. De båda kollegorna hade absolut ingenting att säga till varandra. Inga inledande artigheter såsom; *hur har du det i vårrusket?* Eller; *hoppas helgen har varit god.*

Uno hade fått order av sin överordnade Harald Wagnert att upplysa Tom om att denne ännu inte var önskad på sitt arbetsplats. Varje månad samma besked, och alltid i samband med löneutbetalningen. Måste ringas, måste upplysas. För att ge sken av att man gjorde något åt saken.

Tom brydde sig inte. Han saknade sitt jobb. Eller snarare, sina arbetsuppgifter. De arbetsuppgifter som man nu inte kunde finna något utrymme för i polishuset vid Porslinsgatan. Flera nya mord i Malmö och inget behov av en erfaren kriminalinspektör? Många skulle kalla detta förfarande skandal. Andra, med lite mer insikt om den skånska mentaliteten skulle säga att det inte var något att förvånas över.

Han lade ifrån sig mobilen och kastade en blick mot trädgården. Det ålderstigna körsbärsträdet bredde ut sina bar-blommande grenar likt ett stort paraply som täckte gott och väl en femtedel av gräsmattan. Och han kunde inte låta bli att känna sig missmodig. Vissa år dignade trädet av hundratals söta körsbär, men av det här årets iskalla vår skulle det troligen inte bli ett enda bär att förgylla sommaren med.

När telefonen ringde för andra gången, ställde han ifrån sig konjaksglaset på tidningen med sudoket och sträckte sig på nytt efter telefonen.

"Tjänare kompis" sa Harry Hansson aningen överspänt. "Nu ringer jag alltså."

"Men hejsan hördudu, så kul att du hör av dig!"

Och genast var alla farhågor utraderade.

"Jag har tyvärr lite tråkiga nyheter" sa Harry.

Tom tänkte först på Tanja och på att de inte hade pratat med varandra på ett tag. Den kärlek som han hade känt för ett år sedan och som han även trott att hon kände för honom hade så småningom ebbat ut i allt färre samtal och långt mellan breven. De var inte längre delaktiga i varandras vardagsliv. Hon hade ju sitt deltidsjobb på skolbiblioteket och sin fritid i skogen och i bygdens gemensamma vävstuga. Han hade sina trätor med jobbet, det lilla barnbarnet och sin systerdotter Livs pendlande i humöret. Han tyckte inte att han hade så mycket nytt att tillföra och Tanja, ja hon värnade, som han uppfattade det, om sin privata sfär. Vad nu det skulle vara bra för.

Att höra Harrys röst, gjorde honom på något sätt ändå väl till mods.

"Du vet Ester och Arvid Bengtsson oppe på Remmet..."

Tom andades ut. Det gällde alltså inte Tanja.

"Ja?"

Harry berättade den sorgliga historien om Ellinor, om den dystra färden till samhället med den lilla på båren och alla filtarna som hade lagts över henne. Som om hon skulle bli varmare av dem. Som om filtarna skulle kunna uppväcka henne från döden.

Medan barndomsvännen beskrev sin oerhörda sorgsenhet med ord som han inte visste att han hade, lyssnade Tom. Lyssnade, beklämdes och deltog.

Harry kunde inte nog förklara hur tufft han tyckte

att det var att förhöra folk som han kände så väl. Ester och Arvid som tyngdes av sorg, grannen till Margot som inte ville säga något. Elever som svarade surmulet, eller inte alls. Han ville beskriva hur han tyckte sig se människornas svårmod och att han aldrig förut hade drabbats av något liknande.

"Det är som om alla plötsligt befinner sig på en öde ö, omgivna av en hel ocean av ensamhet" sa han till sist.

"Det är väl i sådana lägen som man funderar på om man alls vill fortsätta som polis" sa Tom.

"När jag var yngre" sa Harry. Så var det inte alls så här. Då hade man förtröstan. Man hittade svaren och den skyldige greps. Vad var det som gick snett, Tom? Hur blev det såhär?"

"Man blir äldre. Men jag känner mig knappast klokare, bara mer otålig" sa Tom.

"Ja hur har du det själv? Hur går det med jobbet?"

"Jag är garanterad lön i tre år som det är nu. Men tro mig, de vill inte ha mig tillbaka."

"Så när kommer du hit igen?"

"Ingenting skulle glädja mig mer än att resa bort ett tag. Men det är en sak jag måste bli färdig med först här i Malmö."

Tom berättade om sin systerdotter Liv som han haft ansvaret för i alla dessa år och som han fortfarande kände att han behövde skydda. Från vad eller vem, visste han inte längre.

"Hon fick aldrig träffa sin biologiska pappa och Elvira... ja hon hade ju sitt, som du vet."

"Jag minns att hon var ganska vild redan då. Men att det skulle gå så illa för henne trodde jag inte" sa Harry. "Vet du om det blev klarlagt hur det gick med pappan?"

"En knepig figur det där. Kanske led han av något slags storhetsvansinne. Vad vet jag. Men han tuttade fyr på ett hus och sades ha omkommit i branden. I alla fall hittade man en förkolnad kropp efteråt." Jag vet inte om man riktigt fastställde att det faktiskt var Christian Tyrells lik man hade hittat."

"Var inte han ledare för ett motorcykelgäng eller något ditåt?" sa Harry.

"Jo, och ganska stor var han väl också. Under en period. Folk var lite rädda för honom."

"Träffade du honom?"

"Ett par gånger. En klart suspekt individ."

"Kanske lika bra att Liv aldrig fick träffa honom" sa Harry.

Samtalet avslutades lite grand hängande i luften. Vad det var som Tom ville få avklarat, innan han reste iväg, blev Harry inte riktigt på det klara med, men han gissade att det hade med Livs halvbror att göra. En person som plötsligen bara fanns där och ändå inte. De båda vännerna bestämde dock att de absolut måste ses inom kort och sedan lade de på.

Harry betalade för pizzan och ölet och gick ut i vårvinterkvällen. Solen var på väg att döljas av fjällen i nordväst. Ett orange-rosa, nästan självlysande bälte bredde ut sig bakom de blåvita topparna. Han undrade om solnedgångarna var lika intensiva nere i Skåne.

*

Kvällen hade fortlöpt som den brukade. Harry hade slagit sig ned en stund framför TV:n men ganska omedelbart flyttat över till sängen och knäppt på sovrums-TV:n istället. Kort efter hade han somnat.

När han vaknade kände han sig inte utvilad, inte fräsch som han skulle ha önskat. TV:n stod på utan ljud. Det var Nyhetsmorgon med bilder och människor som tycktes flaxa förbi hans synfält. Ryckigt och utan mening och mål. Han hatade populariserade nyhetsprogram, TV:soffor och allt vad där följde med. Egentligen visste han inte varför han alls hade någon TV. Den brukade bara fylla honom med motvilja. Det skrälliga ljudet inte minst.

Innan han ens hade hunnit kliva ur sängen ringde mobilen. Han sträckte ut armen mot nattduksbordet och råkade välta vattenglaset i farten. "Satans perkele." Av misstag råkade han trycka av samtalet. "Satan i perkele!"

Varför han hade lagt sig till med detta finska uttryck visste han inte själv. Han var så mycket härjedaling man kunde bli. Släkten hade bott och verkat här i långa tider. Hans pappa jobbade i skogen, liksom dennes pappa före honom. Hans farfars far hade varit gårdfarihandlare och rest mellan Röros och Härjedalen med sina varor. Tyger mestadels men även köksatiraljer, läderkängor och yllesockor som Harrys farfars mor hade stickat. Långt tillbaka fanns det också en eller annan same i släkten, men dem talade man inte så gärna om.

Av någon anledning kom han att tänka på denna släkt, när han såg att det var Margot som försökt ringa. Han höjde sin dyblöta pyjamasarm och valde återuppringning.

Margots skärrade tonfall skar i öronen på honom. I alla fall tyckte han det, sekunderna innan han äntligen förstod vad hon försökte säga.

Orden kom stötvis och osammanhängande. Halva meningar, fraser utan innehåll. Eller var det så? Fanns det något budskap inbakat?

"Stilla dig människa." Men detta hade liten, eller ingen effekt.

"Att jag inte såg det komma."

Harry försökte dölja sin växande irritation.

"Människa, vad skulle du ha sett?"

"Bengtsas. Jag hade tänkt åka dit för flere dar se-
dan, men det blev liksom ingen tid. Men idag tänkte
jag, att nu får jag ta en sväng."

"Ja...

"Jag fannt dem i sovrummet. De låg ovanpå säng-
arna. Påklädda som om de bara hade lagt sig för att
vila en stund och se'n inte orkat kliva upp.

"Vad menar du? Är de sjuka?"

Nä dom ä döa, Harry. Jag fattar det inte. Visserli-
gen var de ju så förfärligt ledsna och när de skulle
identifiera jäntungen, vad hemskt detta var. Jag kla-
rade inte av att se på dem ens. Vi stod en lång stund
där i korridoren och bara kramades alla tre. Arvid
också. Kan du fatta det?"

"Att de har dött båda två, så konstigt. Hur såg de
ut i ansiktet?"

"Det såg ut som om de sov. Jag tänkte; varför lig-
ger de *ovanpå* sängarna och inte i dem?" Men så
märkte jag att det var förfärligt stilla där inne. Man
brukar ju kunna höra om folk andas och så."

Medan Harry körde ut till Esters och Arvids hus,
hann han tänka alla möjliga tankar. Om paret hade
tagit sina liv så var det inte så mycket mer man kun-
de göra. Han hoppades innerligt att det inte rörde sig
om mord. En snabb tanke om att det kunde vara
samma förövare som hyste något slags agg mot fa-

miljen och som först tagit livet av barnbarnet och nu avslutat sin gärning med morföräldrarna. Men den tanken var alltför sjuk för att han skulle fästa någon större vikt vid den. Han hann också tänka på Eskil Thamm, vars otålighet återigen skulle förpesta tillvaron. De tjugo milen mellan Östersund och Sveg kändes som alltför nära i denna stund.

Margot satt och väntade i sin bil som stod parkerad på grusvägen nedanför huset. Hon fimpade sin cigarett och gick honom till mötes. Harry stannade strax bakom. Han klev ur och gav henne genast en lätt kram.

De öppnade dörren och klev in i stugan.

"Märker du någon skillnad från när vi var här sist?" sa hon.

Harry sniffade i luften.

"Ja" sa han. "Skulle de ha besök?"

"Precis vad jag också tänkte." Som om de skulle haft främmat, eller nå't. Vem bryr sig om att städa om man tänker ta självmord?"

Ovanpå de prydligt bäddade sängarna låg makarna utan så mycket som en filt över sig. Deras anletsdrag såg fridfulla ut som om de bara helt stilla hade somnat in. Utan plågor eller ängslan.

Harry ringde genast till Östersund och rapporterade upptäckten. Därefter slog han en signal till Fonus-Janne och berättade att han kunde bereda sig på att hämta upp de döda makarna inom kort.

Strax efteråt ringde mobilen. Det var Eskil Thamm.

"Finns där verkligen ingen åverkan på kropparna?" sa Thamm.

"Inget som jag kan se." De har skrivit ett meddelande, eller vad man ska kalla det. Jag satsar på självmord."

"Vad står det?"

"Bara; *Vi kommer inte längre. Nu räcker det.*"

"Det kan ju betyda vad som helst. Jag kommer i alla fall att skicka dit ett teknikerteam. Kropparna får alltså inte flyttas innan dess."

På vägen hem tänkte Harry på detta, hur besvärligt allt måste bli så fort Eskil Thamm fanns med i bilden. Varför i hela helskotta måste han krångla till allt jämt? Det var ju hur tydligt som helst att de inte ville leva längre.

*

Tre timmar senare anlände fyra tekniker och Eskil Thamm till Sveg. Han kom utan sitt personliga hov den här gången.

"Glad att se mig?" sa han till Harry.

"Visst, om du säger det så."

Harry kände en oförklarlig huvudvärk. Perkele!

"Kan du vara snäll och uppdatera mig om situationen?" sa Thamm, när de satt i bilen på väg ut till Remmet för andra gången denna dag.

"Det var ju som sagt så förbannat rent."

"Brukar det inte vara det?"

"Jag har inte varit där jättemånga gånger men; nä. Inte så... Där fanns liksom ingenting. Inga foton, ingenting. Bara det där förbenskade kollegieblocket."

"Brukade de ha foton? Var det inte en lapp" sadu? De hade ju skrivit en lapp."

"Gud, som han hatade den mannen!"

Harry glodde villrådigt ut genom sidorutan medan Eskil Thamm svängde runt bilen på gårdsplanen.

"Herregud människa, har du inte satt upp någon avspärrning?"

Eskil Thamms skrikiga röst skar i öronen.

"Vad fan" sa Harry. "Här bor ju nästan ingen."

Det sista mumlade han så tyst att han inte trodde Thamm hade uppfattat det.

Men jodå.

"Bor nästan ingen! Var i helvete har du gjort din polisutbildning någonstans?

"Alltså..."

"Herregud!"

Thamm öppnade dörren till stugan. Harry dröjde kvar ute på gården och försökte bestämma sig för om han skulle gå in i huset eller stanna kvar. Slutligen fann han det bäst att trots allt gå in. Han hittade sin kollega stillastående mitt i sovrummet med armarna slakt hängande utmed sidorna på den beiga vårrocken. Blicken fästad på de döda åldringarna som om han inte kunde se sig mätt på dem.

När han fick syn på Harry rycktes han upp ur sina tankar och gick genast ut från rummet igen.

"Här kan vi inte göra mer. Ni får ta över killar" sa han och nickade mot teamet som stod och väntade ute på gården.

När han åter satt i bilen ringde han ett samtal.

"Jag kan inte arbeta under sådana här vidriga förhållanden. Min så kallade kollega här, ja – han ja – har alltså inte ens spärrat av fyndplatsen. Han har dessutom vandrat runt i huset tillsammans med bygdens invånare och fingrat på saker. Utan handskar. Jag vill ha honom bort från den här utredningen och helst från den andra också."

När de återkom till polisstationen i Sveg" sa Eskil Thamm;

"Du är tillsvidare bortkopplad från båda mordutredningarna."

"Bortkopplad?"

"Du är suspenderad i väntan på utredning kring ditt eget handhavande av de här båda dödsfallen."

Harrys första impuls var att slå Eskil Thamm på

käften. Men istället tog han ett steg bakåt och vände därefter ryggen åt sin kollega. Han ville inte riskera att bli av med jobbet. Men han var så arg att om någon hade hade tilltalat honom i denna stund så hade den som råkat stå närmast honom kunnat få sig en hurring, lik förbannat.

När han lugnat sig slog det honom att vare sig utredningen om Ellinor eller förundersökningen om paret Bengtsson hade, så vitt han visste, någon stadfäst mord- eller ens vållande till annans död-rubricering ännu.

Senare samma kväll, ringde han ett nytt samtal till Malmö.

"Tjänare Tom! Har du något emot om man kommer och våldgästar dig i några dagar?"

Tom blev glad, Harry blev glad.

"Mitt hus är stort, här finns plats för fler" sa Tom.

"Jag bokar biljetten i kväll" sa Harry. Och så ringer jag när jag vet hur dags jag kommer."

*

Ester och Arvid hade tillbringat sina 60 år under samma tak och utan alltför många kontroverser eller synbar missämja. Arbetet med byns anspråkslösa B&B hade nu kommit till slutfasen. Liksom meningen med deras liv. Dagarna och timmarna innan händelsen hade var och en gått i sina egna tankar. De åt knappt annat än smörgåsar, om ens det. Drack mycket lite vatten. Vilka minnesbilder som dykt upp under denna tid var svårt så här i efterhand att avgöra. För Arvid och för Ester.

Formuleringen som slutligen nerpräntades var knapp och lämnade inte mycket information för utredande polis.

Men helt tydligt var att de hade velat lämna efter sig ett rent hus, med allt vad det innebar. Kläderna, om än slitna och väl använda, snyggt och prydligt vikta på hyllorna eller hängande i garderoben. Om man undantar en diffus inramad bild på skänken i sovrummet så fanns faktiskt ingenting som avslöjade vad för slags människor som hade bott här. Åtminstone såg man inga tecken på misshälligheter. Av det prydliga och nystädade köket att döma, kunde man inte föreställa sig att här hade levts ett långt liv i leda och känslomässig utarmning. Ännu svårare var det att tro att en flicka som Ellinor kunde ha vuxit upp i denna miljö. Det var som om hon inte ens hade funnits.

Dagen innan, fick man snart veta, hade de tillsammans åkt in till Sveg med den tidiga morgonbussen. De hade druckit kaffe och ätit var sin semla i ICA Supermarkets caféavdelning. Därefter hade de inhandlat ett kollegieblock av format A5 och sedan

gått till apoteket och hämtat ut en månads förbruk-
ning av still noct och sobril på receptet från i vintras.

Allra sist hade de promenerat den korta biten till
Molins Taxi på Järnvägsgatan och väntat där tills
taxichauffören återvänt efter en resa till Hede, drygt
sex mil från Sveg. Under resan hem till Remmet
hade de suttit tysta, men utan tankar. Chauffören
hade inte gjort några försök att konversera, då han
kände till det gamla paret och visste att det inte var
lönt.

På köksbordet fann polisen, förutom kollegie-
blocket, tre tjugolappar och två femkronor.

8.

Harrys avstängning gällde fortfarande, trots att Eskil Thamm snabbt hade insett sitt misstag. Vad som varit den dödande faktorn hade ännu inte fastställts. Men en betydande mängd still noct och sobril troddes makarna ha intagit. Och så hade man noterat att rattarna till parets gasspis hade stått påvridna emedan gasbomben som fanns ansluten till spisen verkade tom. Det antal dagar som passerat sedan spisen slagits på ansågs kunna röra sig om tre eller fyra, vilket skulle förklara att man inte hade känt någon gaslukt i huset.

Att en sådan person som Eskil Thamm skulle nedlåta sig till att be Harry om ursäkt för sina raseriutbrott föreföll inte realistiskt. Men just nu struntade Harry i huruvida östersundskollegan bad om ursäkt eller ej. Biljetten till Malmö var beställd. Han skulle resa redan nästa dag och det gladde honom att för ett tag åtminstone få lämna dysterheten och den tröstlösa väntan på våren som aldrig kom.

*

Harry reste med flyg. Han hatade att åka buss och tåg. Efter att man jobbat och slitit ett helt liv och så inte kunna unna sig en någorlunda bekväm resa.

Men resan hade tagit på krafterna, mentalt och fysiskt. Så stor han var så hade han inte samma ork som i ungdomen. Han kände varenda millimeter av Sveg och av de omgivande byarna. Han kunde ta sig fram obehindrat i skogarna och vid myren. Han visste var det var tryggt att gå och var man absolut inte skulle sätta ner sin fot. Det fanns de som hade gått ner sig i myren. Han hade själv deltagit i mer än en skallgångskedja efter bortsprungna turister.

Men Arlanda flygplats var något annat.

Först och främst högtalarrösterna som skrek ut avgångstider och förseningar. Och så utrop efter saknade resenärer, varvade med skrällig musik och käcka reklamsnuttar. Ljud ljud ljud.

Sedan alla synintryck av upplysta affärsstråk som man kunde förirra sig i. Souvenirboutiquer, parfymaffärer, caféer och restauranger med mat från hela världen.

Dessa människor. Var kom de ifrån? Resklädda, stressade rörde de sig likt ett oupphörligt lämmeltåg.

I Härjedalen hade varje invånare mer än en kvadratkilometer att röra sig på. Här hade man knappt en meter.

Medan han letade sig fram i trängseln och kände

sig vilsen och längtade hem, ångrade han att han alls hade gett sig av. Han tänkte på hur viktigt det hade känts att få dryfta sina tankegångar med någon likasinnad om alla svårigheter han mött i jakten efter en potentiell förövare. Det gjorde honom gott att bli påmind om varför han utsatte sig för detta helvete kallat Arlanda flygplats.

Han gick förbi vad han trodde var en glasvägg, bakom vilken han kunde se en ännu större folkmassa än den han själv befann sig i.

Folkhopens snabba rörelser gjorde kropparna suddiga, konturlösa. Men där fanns en person som stack ut. Som skiljde sig från de övriga. Han stod alldeles stilla, liksom förundrad. Som om han kommit från en annan tid, en annan plats.

Harry tänkte; vad flyr de alla ifrån? Vilket är deras mål annat än att förflytta sig?

Han stod där mitt i vimlet och han tänkte dessa tankar tills det äntligen gick upp för honom att personen som stannat till var han själv.

Det han betraktade var inte en glasvägg, utan en spegel. Det var han själv som var från en annan tid och plats.

Ur högtalarna ropades att det var dags att kliva ombord på planet till Sturup. Han gick mot gaten och kände sig med ens tacksam att han inte hade valt

Kastrup. Även om Tom hade lovat att komma och möta. Herregud han hade ju bara nyss skaffat mobiltelefon. Han visste inte ens hur man bar sig åt för att ringa från ett annat land. Hans engelska var skral och danskan förstod han inte alls.

Högrest och med lätt framåtlutad gång såg han Tom kryssa mellan hopen av resenärer och deras väskvagnar. Harry höjde armen men Tom hade redan fått syn på honom. Leendet var brett, blicken intensiv. En hjärtlig kram och så snabbt ut till parkeringen.

"Första gången i Malmö?" Sa Tom och baxade in väskan i bagageutrymmet.

"Faktiskt är det det."

"Jag tänkte vi kunde käka någonstans innan vi kör hem till mig."

Tom svängde in mot centrala Malmö.

"Jag har faktiskt tagit mig friheten att bjuda med Mona. Hon var på krim i några år innan hon bytte till Ledningscentralen. Det är lugnare där säger hon."

De parkerade i ett av Malmös många underjordiska garage. Tog hissen upp och gick några kvarter till Bullens restaurang som egentligen hette Två Krögare. Klockan var runt fyra på eftermiddagen och den insuttna pubmiljön hade ännu inte många gäster.

Tom gick i riktning mot ett inre rum. Där satt en

ensam kvinna med kort ljust hår och små ögon. Hon såg allvarligt på dem. Harry tänkte att den här kvinnan log nog inte vanemässigt.

"Harry, detta är Mona" sa Tom.

Det var inte utan att Harry funderade över vilken roll Mona spelade i Toms liv. Det slog honom att han egentligen inte visste särskilt mycket om sin barndomskamrat mer än att Tom var duktig på att lista ut samband och så var han bra på korsord. Något om ett visst musikintresse hade han också luskat ut, körmusik, trodde han.

Själv lyssnade Harry helst på country & western. Och så Ewert Ljusberg förstås. Alla Härjedalingars favorit. Men vad lyssnade Mona på? Vilken roll spelade hon i Toms vardag? Han blev generad när han kom på sig själv med att inte kunna släppa tanken på att Tom hade en flicka i varje hamn. Tanja i Härjedalen och kanske Mona i Malmö.

Mona var behaglig. En god lyssnare. Men allvarlig. Som om livet hade alldeles för mycket elände omkring sig för att man skulle gå omkring och le och skratta åt det också. Harry tänkte att han själv visst kunde se livets ljusa sida också ibland och i ett hastigt ögonblick fick han lust att beskriva detta för henne. Tjusningen med tidiga morgnar i den härjedalska naturen, med daggdroppar i spindelväv. Inte nödvändigtvis naturens under, men kanske väl naturens eget konstverk. Så som han upplevde det.

Han satt här och för första gången på mycket länge, kände han att han kunde slappna av. Njuta av Monas fina drag, hennes vakna ögon och tänka att han skulle vilja lära känna henne lite närmare.

När Mona beskrev sin fäbless för bastubad och för kallbadhuset i Limhamn, föreställde han sig hennes kurviga kropp naken i bastuångor.

De beställde in fläsk med löksås och när maten kom på bordet hade samtalet kommit bra igång. Han släppte motvilligt tanken på Mona i bastun och koncentrerade sig på Tom.

"Nu får du berätta vad det är som händer däruppe, egentligen" sa Tom.

"Jag är så glad att jag kom ifrån den där smältdegeln" sa Harry. Normalt är det ju jag, Fonus-Janne och så förstås Margot i Glissjöberg som träffas och tar en öl tillsammans. Jag och Margot jagar ju också.

"Men jobbet, vad är det som händer där?"

"Jasså det, jag vet inte hur jag ska beskriva det. Men det är nog inte fel att säga att Eskil Thamm drabbade oss. Han klampar omkring i allas vår vardag med raka ben och fyrkantig hjärna."

"Låter inte särskilt kul. Men vad var det med Ellinor? Ni hittade alltså henne och du säger att hon varit nedfrusen?

"Jag har inte fått titta på rättsläkarens utlåtande ännu. Och ska Eskil Thamm få fortsätta rumstera så lär jag inte få se den heller. Jag tror att han bara vill djävlas med mig. Varför, fattar jag inte."

"Det finns paragrafryttare överallt. Kan de hitta något att klaga på så gör de det" sa Mona."

"Men fatta hur det känns? Jag vill ha fast den som gjorde det."

"Har du själv någon gissning?" sa Tom.

Harry redogjorde för de samtal han hade haft med de båda flickorna, med Ester och Arvid och med Margots granne, Åke.

"Vad gör dig så säker på att det är en man? sa Mona.

"Ingenting, egentligen, men jag kan bara inte se att en kvinna klarar av att bära, eller ens släpa kroppen, även om hon var tunn."

"Kan vara en kraftig kvinna" sa Mona. "Kände Ellinor någon sådan?"

"Jag har visserligen också varit inne på det där att Ellinor kände mördaren men jag har alltid tänkt att det skulle vara någon som hon i så fall ser nästan dagligen. En som kanske kikar på henne i smyg."

"Nån som beundrar henne" sa Mona.

"Ja, men samtidigt är det detta som är så vansinnigt. Jag tror inte att Ellinor var särskilt omtyckt."

"Det behöver inte hindra någon ensam störd individ från att beundra henne på avstånd" sa Tom.

"Trots arrangemanget av håret och allt det där" sa Harry. "Så tror jag inte att mördaren är störd eller särskilt ensam. Jag tror att han rör sig bland folk precis som vem som helst. En social person som har lätt att få kontakt med folk."

"Vad får dig att tro det?"

"Vet inte men så ser jag honom när jag försöker tänka mig hur det har gått till. Men vad jag känner mig ganska säker på, är att denne någon hade bil och att han gav henne skjuts på nyårsafton.

"En bil som är så rejäl och kraftfull att den kan köras över snövägar och skogsstigar" sa Tom. "Kanske en Land Rover."

"Eller Jeep" sa Harry. "Det finns ett antal terrängbilar i Härjedalen. Men jag har ännu inte sett någon Land Rover där. De är till för nördar och vi har kanske andra slags nördar än just motorfanatiker."

När de skiljdes från Mona två timmar senare, kunde Harry inte låta bli att prata om henne.

"Hur länge har ni känt varandra?"

Tom drog försiktigt på munnen.

"Sedan tidernas begynnelse, nästan. Hon bor i Limhamn, en av Malmös äldre stadsdelar. Man kan säga att Limhamn är en stad i staden. Vi kan åka dit någon dag. Jag tror säkert att Mona gärna bjuder på käk eller fika.”

Harry kände sig lite dum, tafatt till och med.

”Kul, kul. Hör du om jag fattat rätt så jobbar du inte alls nu?”

Tom redogjorde för hur de senaste månaderna hade fyllts av en minst sagt knepig soppa där ingen ville ta ansvaret för situationen som hade uppstått. Alla skyllde på alla och under tiden så hade ärendet fallit mellan stolarna.

”Uno Holmberg lyckades med konststycket att bita sig själv i svansen mer än en gång. Det var inte bara utredningen kring min systers död som han förstörde.

”Vet man vem som mördade henne?”

Tom suckade.

”Uno fick det till att hon skulle ha tagit livet av sig genom hängning eller strypning. Därav märkena på halsen.”

”Hur stryper man sig själv?” sa Harry.

Tom skrattade. Det kändes gott att få skratta och gott att få ett avbrott i de mer introverta grubblerierna. Framför allt var det gott att få ägna sig åt något så spännande som ett mordmysterium där han inte var personligt involverad. Och där han inte var förpliktigad att visa resultat. ”Har du tänkt på att vi egentligen har ett gyllene läge just nu?” sa han.

"Nä" sa Harry som inte kunde se annat än det mest hopplösa scenario. Hans lugna och förut så älskade arbetsplats hade blivit ett inferno som han inte kände sig rustad att klara på egen hand.

"Utredningen om dig, kan du ju inte göra så mycket åt" sa Tom. "Men medan den pågår har du ju full frihet att prata med vem du vill om vad du vill. Du jobbar inte som polis just nu, men ditt människointresse gör att du gärna vill veta vad som hände."

"Just det" sa Harry. Ingen kan i så fall säga att jag inte följer protokollet. Han kände sig med ens betydligt gladare. Men sedan blev han allvarlig igen.

"Men ditt jobb? Jag kan bara inte fatta att Uno Holmberg fick den tjänsten som du borde ha fått, herregud du hade ju varit tillförordnad kriminalkommissarie – i hur många år?"

"Fem år" sa Tom. Men jag sörjer inte. Efter trettio trogna år hos polisen är det kanske dags att lägga av. Det enda jag skulle önska är att Uno stoppas. Men än så länge håller hans chef honom om ryggen."

"Hette han inte något liknande som den tyske kompositören, Wagner nånting?"

"Wagnert, Harald Wagnert. Släkten härstammar visst från Ukraina."

"Vad gör han nu, Holmberg? Är han kvar på krim?"

"Han sitter i mitt gamla tjänsterum. Han hade varit kriminalinspektör bara en kort tid, när Wagnert bestämde sig för att utnämna honom."

De båda barndomskamraterna satt på Toms veranda, med varsitt konjaksglas i handen. Genom de stora fönstren betraktade de solnedgången bakom den ensamma asken som lite vemodigt lutade sig över det väntande åkerlandet. Harry tänkte att såhär kunde man faktiskt också bo. Han såg fram emot att få vakna till fågelkvitter och han längtade efter att gå ut i naturen och få känna doften av nyss utslagen grönska.

9.

Harry hade sovit bättre än på mycket länge. Fram på morgonen hade han drömt om Mona och han tyckte själv att det var märkligt att hon redan hade gjort ett så starkt intryck på honom. Han såg henne tydligt och hörde hennes röst som inte var jättestark. Men hon kom emot honom med armarna utsträckta tills hon stod alldeles tätt intill honom. Han kände hennes andedräkt som doftade honung. Och han viskade i hennes öra att han ville träffa henne snart igen. När han vaknade tyckte han det var egendomligt att han alls kunde känna något för en annan kvinna så snart efter skilsmässan.

Tom satt redan i köket som lyste av obehandlat trä från golv till tak. Ett blåmålat allmogeskåp hängde på ena kortväggen. Bredvid detta satt en broderad bonad med flygande svalor, gröna blad och blommor i blått rött och gult som slingrade sig runt texten; *Alla dessa dagar som kom och gick, inte visste jag att det var Livet.*

Det slog Harry att trots att bonaden såg ut att ha några år på nacken så kändes både utförandet och innehållet förhållandevis modernt. Han antog att det var Toms fru som hade broderat den. Inger, som dog i en trafikolycka för sju eller åtta år sedan.

Tom hällde upp kaffe åt Harry och sköt fram bregottpaketet och ostbrickan. "Hur tänker Östersund göra med utredningen av Ellinor?" sa han.

Harry visste inte vad han skulle säga. Hur mycket han än ogillade Eskil Thamm så skämdes han över hela incidenten.

"Han har väl rätt, antar jag. Jag borde ha avskärmat tomten, men vem fan skulle hinna leta sig upp till Remmet under de två timmar det handlade om? Det skulle ta mig minst en timme att åka och hämta spärrbandet. Så jag bad Margot stanna på plats och mota bort eventuella obehöriga."

"Det borde ju ha räckt, kan man tycka."

Harry ville inte erkänna för Tom, men spärrbandet hade inte använts på minst åtta år. Sanning att säga så hade han ingen aning om var det hade tagit vägen.

"Och utredningen om Ellinor? Hur långt hade du kommit med den?

"Nu vet jag ju inte om Eskil Thamm alls tänker börja rota i jäntans död. Men ska jag vara helt ärlig så trodde jag väl från början att östersundarna skulle ta över och att jag skulle slippa."

"Lite väl magstarkt att förvänta sig att du ensam

ska förhöra alla dessa som du ju känner kanske lite för väl."

"Det som gör mig lite överraskad är att Eskil Thamm frivilligt riskerar en fläck på sina egna meriter" sa Harry. "Det blir ju ytterst han som får stå med skammen om jag misslyckas."

"Han borde nog ha skickat en erfaren utredare till Sveg så snart påsken var över" sa Tom.

"Det är så jag också tänker" sa Harry. "Detta eviga hattande hit och dit gör ingen människa glad."

"Du ska se att snart hör du från honom och då kommer han att säga att du ska återuppta arbetet" sa Tom.

"Och medan vi väntar på det så hinner spåren kallna ytterligare."

"Spåren är, om jag förstått det rätt, redan så kalla de kan bli."

Harry berättade om samtalet hos Julia. Medan han pratade kände han att bröstet fylldes av hopplöshet och att andningen blev tung och dryg.

"Det här med bästisrelationer mellan tjejer" sa Tom. "Liv hade samma bästis i mer än ett år, sedan bytte hon plötsligt och den gamla bästisen och den nya blev värsta fiender, vilket förde med sig att Liv och hennes gamla bästis också blev fiender. Det kan bli till vad som helst, om vuxna inte är med och styr lite grand."

Harry lutade sig fram över köksbordet så hastigt att han slog huvudet i den lågt hängande keramiklampan.

"Det har nog förekommit en del mobbing också i Sveg. Inget som resulterat i polisanmälningar. Men man har ju hört ett och annat. Ibland har jag tänkt att man borde rensa upp lite. Men jag har inte blivit stöttad av vare sig lärare eller föräldrar."

"Ponera" sa Tom, "...att Ellinor var mobbad, kanske inte av hela klassen men av till exempel före detta bästa kompisen och hennes nya kompis."

"Men Ellinor hade en pojkvän, Olof. Borde inte han ha hjälpt henne lite grand?"

"Har du pratat med honom?"

"Inledningsvis, ja. Han säger att han kom till festen strax före tolv och då var Ellinor inte där."

"Jag tror det kan vara idé att pressa honom lite mer. Låt honom inte slippa undan så lätt. Vad du vet kan han ju lika gärna vara mördaren och i så fall ljuger han."

"Det skulle vara någon som du, i så fall. Jag tycker bara att han är obehaglig."

"Men håll med om att det är lite misstänkt."

Harry satte upp handen i luften som för att värja sig. "Jag håller med" sa han. "Men Olof är en inbunden person."

"I ljuset av att hon har hittats död, så... ja."

"När *hade* du tänkt komma upp?" sa Harry.

"Den senaste tiden har jag varit upptagen med att försöka leta reda på Livs halvbror. Men än så länge har jag kammat noll. Varje gång jag tycker mig komma nära så försvinner han. Sedan är det mysteriet med hennes pappa."

"Låter som om du faktiskt kunde behöva lite avkoppling från allt det där" sa Harry. "Det känns som om du inte kommer att hitta någon av dem i första taget."

Tom skruvade på sig.

"Det anses nog inte särskilt kul om jag kommer upp och börjar rota i en utredning som jag inte har med att göra."

"Det känns på något sätt som att svaret finns mitt framför näsan. Men det är för nära för att jag ska kunna se det. Ett par friska ögon skulle inte skada" sa Harry.

"Jag kan komma upp, visst kan jag det och jag har inget emot att hjälpa till. Men dimper det ner någon från Krim och Distrikt Nord så backar jag direkt. Det får du förstå."

"Självklart" sa Harry. "Självklart."

En stunds tystnad lade sig över köksbordet. Smöret i bregottpaketet hade mjuknat. Kaffet i bryggaren var redan kallt. Väggklockan slog tolv och det blev tydligt för dem båda hur länge de hade suttit där.

*

Ute sken solen. Tulpaner i gult, vitt och lila hälsade vänligt från rabatterna. På körsbärsträdets grenar syntes de vitrödrosa blommorna som redan hade slagit ut på bara kvistar. Nu väntade man bara på värmen.

Tom låste ytterdörren och därefter gick de båda männen mot bilen som stod parkerad på uppfarten.

"Tror du hon är ledig idag?" sa Harry nästan som för sig själv.

"Vem? Mona. Hon slutar vid fyra."

"Jag tänkte att vi kanske kunde titta lite på Limhamn om vi ändå ska in till Malmö." sa Harry.

Tom log. "Självklart ska vi det. Och hälsa på Mona kan vi ju göra också när vi ändå är där."

De lämnade slättlandet med sina fårade åkrar och passerade sakta genom småsamhällen med vitkalkade stenvillor och låga korsvirkeshus. De pratade inte vidare om vare sig Mona eller om utredningen av den döda Ellinor som låg nedfryst i väntan på obduktion. Så som hon legat nedfrusen i flera månader, ensam och utan att så många hade skänkt henne en tanke. Och nu – utan att det fanns någon som arbetade med att försöka reda ut alla trådarna. Harry såg raderna av knotiga pilträd och solen som redan stod högt över dem och han tänkte att sommaren i Skåne säkert gjorde livet enkelt för människor. Lättare att leva.

"Hon kanske skulle träffa någon" sa Tom.

"Herregud det var nästan tjugo minusgrader. Och den där tunna klänningen?"

"Sa du inte att det var ett nattlinne?"

"Kanske jag sa. Nattlinne – klänning. Jag kan inte avgöra. Tunn var den i alla fall."

"Hur var det med ytterkläderna har man hittat dem?"

"En röd duffel av parkastyp tror jag. Vita finger-vantar, hemstickade och så var det ju skorna. Nej de har inte påträffats ännu."

"Kanske kan vara idé att sätta in en blänkare på Sveg.se. Jag menar om någon kan tänkas ha sett de här kläderna."

Harry bannade sig själv för att han inte hade prio-riterat detta.

"Man trodde ju att hon hade rymt först så jag tänkte inte." Han svor för sig själv igen.

De satt tysta en stund. Så tog Tom upp tråden på nytt. "Säg att Olof, eller den hon skulle träffa, tog med henne till myren och gjorde vad...?"

"Det behöver inte ha gått till just så" sa Harry. "Hon kanske stack i ren ilska och tänkte gå, eller lifta hem helt enkelt. Någonstans på vägen mellan Linsell

114

och Remmet mötte hon sen sin baneman."

"Jag tror inte på slumpen" sa Tom. "Men man bör kanske bredda sökandespektrat en aning."

Harry smakade på uttrycket. Det var här man kunde se att de båda hade formats i helt olika miljöer. Tom var en storstadsmänniska. Han hade anpassat sig till sin omgivning och lärt sig att vårda språket. Själv använde Harry ett mer direkt ordval. Han skulle sagt; *kolla upp lite andra typer av människor.*

"Du menar att jag ska börja leta efter bastanta kvinnor?" sa Harry.

Tom skakade på huvudet.

"Om vi tänker att hon gick från festen för att möta Olof. En anledning kan ha varit att de inte ville att någon skulle se dem tillsammans. Kanske försökte de hålla det hemligt."

"Vi kan i alla fall anta att hon hade kappan och vantarna och skorna på sig när hon gick" sa Harry. "Eftersom de plaggen inte har hittats i huset."

"Tänk sedan att något gick snett mellan dem. Han kanske var full eller så kan han ha slagit till henne, vad som helst. Har man hittat några märken?"

Harry skakade på huvudet.

"Inget anmärkningsvärt, hon hade ett litet sår i pannan."

Tom hade lett flera utredningar som varit minst

lika knepiga som den här. Men att något sådant kunnat hända i Härjedalen kändes ändå främmande.

"I vilket fall så är det antagligen försent att börja leta efter bilspår runt fyndplatsen. Men du bör ju åtminstone kolla upp den där Olof lite mer. Har han någon bil. Är han ens arton?"

"Han är nog lite äldre än Ellinor. Men folk gör som de vill, körkort eller inte. Har man en bil så kör man. Det är ju inte precis så att jag agerar trafikpolis, även om vi gör sånt också ibland. Men som jag sa så är Olof ingen kul typ att ha att göra med."

Tom körde först mot Sibbarp för att de skulle ta sig en promenad och titta på den stolta Öresundsbron som sträckte sig över sundet mot Danmark.

De friska vindarna gjorde att vågorna strök som slaka linor över vattenytan. Den bågformade bron var en mäktig syn. Solen omgavs av ett lätt dis och längst bort i horisonten kunde man skönja ett molnbälte som varslade om regn. Kanske till kvällen eller nästa morgon.

Stämningen bröts av en signal. Harry grep nervöst om mobilen och höll handen som en skärm över ögonen så att han kunde se var den gröna ikonen fanns. Så snabbt han kunde tryckte han också på högtalarikonen så att Tom också kunde höra. Numret på displayen var från Östersund.

"Detta är Eskil Thamm!" sa Thamm. Rättsläkarna

säger nu att det med 95 procents säkerhet är fråga om mord, alternativt vållande till annans död. Men eftersom det har gått så pass lång tid så tror man inte att teknikerna kommer att hitta något ytterligare på fyndplatsen. Däremot vill vi ha avspärrningen kvar tills all snö har smält undan."

"Hur är det med min avstängning?" Harry kunde inte dölja hur överraskad han kände sig.

"Just ja, den. Jag skickade inte in den så du kan börja jobba direkt. Nu får du och gänget ut och leta spår och glöm inte att kolla att avspärrningen fortfarande är intakt."

Eskil Thamms tonfall lät forcerat, som om han inte ville ge Harry en möjlighet att invända.

Harry suckade.

"Han vet inte att jag är i Malmö. *Jag och gänget!* Vilket djävla gäng? Vi har tre och en halv tjänst i Sveg, varav en är kanslist och fyra i Vemdalen / Funäsdalen och en och en halv i Hede."

"Du kan bli avstängd på riktigt om det kommer fram att du har sjappat."

"Jag sa till de andra – *gänget* – att jag håller på att bli utbränd. Men vem skulle de sätta in istället?"

Detta var den verklighet som Harry levde i. Allt lades på några få poliser. Från att skjutsa en vilsekommen åldring nitton mil till dennes boende, till att utreda bränder, stulna cyklar, familjegräl och fyl-

117

lebråk. Och så ibland någon som bara försvann. När det blev fråga om skallgångskedjor fick samhället ställa upp. Någon annan lösning fanns inte.

"Tacka fan för att man inte har resurser eller ork att rota i något som detta."

"Poliser ska inte behöva utreda mord på sina egna anhöriga."

"Här har du vår vardag" sa Harry uppgivet.

Tom överraskade sig själv med att föreslå en tänkbar lösning. "Nu när vi vet att östersundskrimarna inte tänker lägga sig i ditt arbete så vill jag absolut följa med dig till Härjedalen."

"Du har ingen aning om hur glad du gör mig!" sa Harry och såg ut som om han antingen tänkte börja gråta, eller i vart fall omfamna Tom.

"Precis som du så har jag också ett stort hus med flera rum. Vi behöver inte gå varandra på nerverna."

"Jag hade önskat att du skulle hinna träffa min systerdotter men hon har inte riktigt tid nu, säger hon. Med lilljänta och allt."

"Det får bli nästa gång" sa Harry. "Nu vet jag ju hur man gör för att komma hit."

De skrattade. För första gången på länge för dem båda. De var lika till humör och till sitt sätt att se på saker, samtidigt som de kompletterade varandra bra. Och de trivdes i varandras sällskap. Men Tom hade också en liten baktanke med att följa med till Härje-

dalen. Han hoppades få träffa Tanja igen. Hans ung-
doms stora kärlek. Denna kvinna i sitt lilla skogsbryn
som han längtat efter och sett i sina drömmar.

Den här gången kändes det helt rätt. Nu skulle
ingen kunna dra honom tillbaka. Inte Uno och inte
ens Liv skulle kunna hindra honom från att åka. Hon
hade varit upptagen. Av den lilla och av sitt dåliga
samvete. Tom hade själv börjat känna sig trött på
alla turer och vändningar.

"Jag bara väntar på att jag ska vakna en morgon
och upptäcka att alla hans saker är borta" hade hon
sagt. "Att han har gett sig av."

Men Peter hade stannat. Han verkade nästan lika
glad över barnet som om det varit hans eget.

Tom hade börjat tänka att hon kanske skulle kun-
na ha en någorlunda normal tillvaro trots allt. Arbe-
tet som fotograf och rollen som mamma skulle föra
in henne i nya rutiner. Trygghet med andra ord. För
henne själv och för den lilla. Hur Peter skulle passa
in i den ekvationen vågade han inte tänka på.

Toms största oro hade varit att Liv skulle ta till
alkohol eller piller så som som hennes mor hade
gjort. Nu kände han att han behövde vila från denna
oro. Han såg fram emot att få engagera sig i något
helt annat. Något som han hade ägnat större delen
av sitt vuxna liv åt och som han faktiskt behärskade
ganska bra; nämligen att utreda brott, hitta indicier

och att koppla samman dessa till ett svar som i sin tur skulle peka på en tänkbar förövare.

10.

Inte för att Harry var särskilt förtjust i vare sig kall-
bad eller bastubad. Men han hade hoppats att få
träffa Mona åtminstone en gång till och han ville
göra det just i bastun, eller i bassängen. Hans dröm
hade varit intensiv och hur han och Tom än pratade
på så låg hans tankar och gungade i ett annat hörn av
skallen.

Han ville bada med Mona. Ja rent av simma i
kapp. Han var en tävlingsmänniska och det skulle
kännas skönt om han tog segern på mållinjen eller
strax innan.

Så tänkte han medan han såg på när Tom scrolla-
de genom tidtabeller och flygpriser från Kastrup till
Östersund och från Östersund till Sveg. Visserligen
en omväg med ca tjugo mil. Men detta var det billi-
gaste alternativet då direktflyg från Kastrup till Sveg
inte existerade. En flygbiljett till Östersund var just
för ögonblicket lagd på extra låga lockpriser.

Så blev det bestämt. Om två dagar skulle de flyga.
Tom bjöd för vänlighetens skull både Harry och
Mona på middag på Peas & Honey på Stora Nyga-

tans lite äldre och lugnare hälft. Här fanns en hel del sällsynta ölsorter att välja på. Inte för att han själv uppskattade öl i någon särskild utsträckning, men han visste en person som gjorde det.

Matkonsten, fick de erfara, levde inte riktigt upp till ambitionen att skapa en atmosfär av finare krog eftersom prissättningen inte motsvarade innehållet. Personligen tyckte han alltid att en maträtt, som i stort sett saknade grönsaker var bortkastade pengar. Hur mört och gott köttet än var.

Men han hade valt just den här krogen med en särskild baktanke. Krogen var journalisten Devin Anderssons stamställe, eftersom killen gillade gott öl. Tom ville inte gå i vägen för sin systerdotter. Men ända sedan han tyckt sig se en skum figur för några veckor sedan, som mycket väl kunde vara den ökände brottslingen Christian Tyrell, så hade han funderat på ett sätt att till synes helt naturligt råka stöta på journalisten någonstans ute på stan. Och vad kunde vara bättre för ett sådant möte än ett av de stamställen som Devin brukade besöka relativt ofta? Han kände att han måste få veta sanningen om Livs biologiske far. Var han död eller levde han, som ryktet sa?

*

Utrymmet på Peas & Honey kunde varit större. Tom tänkte genast att det skulle kännas som om man satt i knät på varandra, ifall det dök upp fler gäster. Men det var väl meningen att detta skulle bli ett inneställe med en familjär prägel och höga priser.

Servitrisen tog upp deras beställning med ett slags malmöitisk, nästan arketypisk utstrålning. Under fasaden kunde man ana ett visst avståndstagande. Som om hon hade velat säga; *jag är inte bara servitris*. Kanske var det hon som ägde stället.

Restaurangen hade precis öppnat för kvällsgästerna och inga andra gäster syntes till. Tom fick svårt att dölja sin besvikelse. Medan Harry och Mona tycktes inbegripna i ett gemytligt samtal med ögonkontakt och smålustiga utfall, satt Tom stel och lite obekväm och höll blicken riktad mot dörren.

När Mona reste sig för att gå på toaletten, öppnades ytterdörren och en man iförd svart hatt av gangstermodell och trekvartslång skinnjacka klev in.

Det var något nytt och lite mer slitet över honom än för ett år sedan. Devin Andersson hängde med armbågarna på bardisken och såg sig samtidigt om efter en pall att sitta på. Dock hittade han ingen så han beställde en öl och satte sig vid fönsterbordet närmast disken.

Tom betraktade hans skarpa profil, den röda mustaschen, samtidigt som han försökte motstå impulsen att sträcka upp handen och säga hej. Han var övertygad om att Devin hade sett honom. Men journalisten verkade inte intresserad av att prata med någon. Han hade gått ut för att dricka ensam. En, kanske två öl innan han rastlöst skulle försvinna ut i kvällsmörkret igen.

Tom lyssnade förstrött på vad de andra pratade om. De tog knappast någon notis om honom. Han lät Devin dricka sina öl men när denne gjorde sig redo att gå, tittade Tom upp från sin barskrapade tallrik.

Deras blickar möttes. En svag nick från Devin. Tom reste sig och gick snabbt bort till honom.

"Hej, allt bra?"

"Jodå, visst så bra det kan."

Journalisten var inte ovänlig. Såg mest trött ut.

"Jag tänkte höra... en grej som jag har funderat över" sa Tom. "Christian – jag tror att jag såg honom här om dagen på Caroli City."

"Det skulle vara precis likt min styvbrorsa. Säkert har han iscensatt hela grejen så att han kunde försvinna."

"Men det där förkolnade liket. Vem var då det?"

Devin öppnade krogdörren. "Kanske nå'n low life. Det finns ju gott om sådana. Det skulle vara förbannat likt honom, vet du."

Sedan var han borta.

Själv stod Tom kvar en halv meter från bardisken

och kände sig tafatt. Genom fönstret såg han Devin gå med raska steg mot Gustav Adolfs Torg. Impulsen att följa efter honom var stark. Men han behärskade sig.

Harry tittade äntligen upp från bordet och från Monas leende. Han har minsann fått henne att tina upp, tänkte Tom.

”Det verkar som om Livs pappa inte dog i explosionen, trots allt” förklarade han.

”Hur kan det vara möjligt?” sa Mona.

”Det var ju Uno Holmberg som skötte den så kallade utredningen" sa Tom. ”Då är väl allt möjligt.”

”Inga DNA-analyser på förkolnade lik. Inga tandundersökningar med andra ord" sa Mona.

Själv ville Tom helst inte tänka på eländet mer. Om Liv trots allt skulle få en möjlighet att träffa den far som hon inte hade medan hon växte upp, fick framtiden utvisa.

”Hur som helst; jag tänker i alla fall följa med Harry till Härjedalen.”

”Och dessutom så blir du kanske snart en glad pensionär" sa Harry och höjde sitt rödvinsglas.

Tom försökte skaka bort de obehagskänslor som smugit sig på honom. För ögonblicket ville han inte tänka på vare sig den bortflyende ungdomen, eller den tid som han ansåg sig ha förlorat i och med Uno Holmbergs yrkesmässiga blamager. Sparkapitalet

skulle räcka i gott och väl ett år. Kanske två. Han
hade inga dyra lån eller andra skulder som tyngde
ekonomin och hans övriga omkostnader var ju yt-
terst blygsamma.

*

Harry hade följt med Mona hem till Limhamn. Tom
hade inget emot det, absolut inte. Hans första impuls
hade varit att gratulera dem för att de hade funnit
varandra. Detta innebar ju att han kunde vara kom-
pis med Mona utan att känna någon press på sig.
Men nu när han rannsakade sig själv och vad han
egentligen tyckte om det hela så; lite främmande
hade det nog känts ändå.

Han satte sig i bilen och körde hem ensam. När
han kopplade av i sin fåtölj på verandan, med ett
konjaksglas tänkte han på Tanja.

Han räknade månaderna. Tre, kanske fyra sedan
deras senaste samtal. Han tvingade tillbaka impul-
sen att ringa henne, eftersom det skulle vara lite
vårdslöst att höra av sig så sent som tjugofyra tim-
mar innan han skulle landa i Sveg. Ett sådant samtal
skulle bara tvinga henne att visa en artighet som hon
kanske inte kände.

Han kunde köra hem till henne och om hon var
hemma skulle hon kunna betrakta hans uppdykande

som en opretentiös visit och hon behövde inte visa honom mer än en viss artighet tillbaka. En kopp kaffe, en kanelbulle. Och sedan inte mer. Eller kanske skulle det tända på nytt mellan dem och då skulle han ta emot henne med all den kärlek som han faktiskt kände.

Han skulle slippa förklara varför han inte hade hört av sig oftare än en gång var tredje vecka, och det senaste halvåret mer sällan än så. Han skulle slippa känna sig som en skamsen skolpojke.

Han ville inte behöva be om ursäkt. Men han ville inte heller att hon skulle tro att han inte hade längtat. Han drog sig till minnes deras senaste samtal där kontakten hade legat i pauserna mellan det som uttalats.

"Har du tänkt på mig?"

"Självklart tänker jag på dig."

"Du ska veta att jag inte vill något hellre än att vara med dig i Härjedalen."

"Jag tänker att du väl kommer när du är färdig. När du vet vad du vill. Men du vet också att jag vill ha mer än en sporadisk kontakt."

"Så hur tänker du ifall jag skulle komma? Vill du träffa mig då?"

"Det beror helt på dig, hur det blir. Jag finns här, ett tag till i alla fall."

"Funderar du på att flytta?"

"Inte än, kanske."

Så hade hon sagt. *Inte än.* Varför var det så svårt att erkänna att han längtat? Svårt att tillstå för sig själv och för henne? Hon behövde få höra. Han ville inte erkänna det, men vetskapen om Tanjas behov och känslor hade satt en broms i rörelse, en långsamt gnisslande broms. Nu var han äntligen redo. Han ville vakna på morgonen bredvid henne, denna skogens kvinna. Han älskade henne, men måste han säga det om och om igen? Måste han hela tiden bevisa den hetta som han ju kände?

Deras senaste samtal hade känts lågmälda, men där hade funnits både värme och kärlek, inbillade han sig. Hennes brev hade han sparat och läst flera gånger.

Hur såg den ut hennes kärlek? Var den stark endast när de inte kunde mötas fysiskt? Han ville fråga henne detta. Han tänkte att händelsen med den lilla Ellinor skulle bryta igenom tidsglappet. Han hoppades att denna döda tonåring på något sätt ändå kunna föra dem närmare varandra, trots allt. De skulle prata om Södra skolan och kanske om att Tom kommit tillbaka för att bistå Harry lite grand. Och så något om att han såg fram emot att kunna vara till nytta.

Deras tankar skulle åter fångas i hennes uppvärmda kök, i de framdukade tekopparna, över den

överblivna steken på skärbrädan och i det hembaka-
de brödet. De skulle cirkla över hans slutna ögonlock
när han senare låg och försökte slappna av. Innan
sömnen äntligen tog över. Det skulle finnas där allt-
sammans, tiden mellan hans förra besök och detta.
Finnas och kanske ta fart på nytt som han hoppades.

*

De reste med flyget från Kastrup till Östersund. Där-
efter två och en halv timmes bussresa till Sveg. Solen
sken. Snön hade krupit tillbaka längs vägdikena och
på de flesta ställen var det bart runt granar och tal-
lar. Inga musöron på träden ännu, men marken var
bitvis så bar att man nog skulle kunna företa en or-
dentlig brottsplatsundersökning. De kände sig hopp-
fulla och hade tillförsikt. Harry för att han hade haft
två härliga nätter med Mona och nu kände han att
han hade kraft att ta itu med det allra jobbigaste i sitt
arbete. Att förhöra föräldrarna till ungdomarna.

I de viktigaste frågorna, skulle han säkert få upp-
backning av Tom. Varför i helsike hade ingen av de
vuxna reagerat? Varför hade ingen satt ner foten i
tid? Dessa tankar hade nära på kvävt honom. Hur
skulle han, som själv inte precis spottade i glaset,
kunna sätta sig till doms över dessa ungdomars för-
äldrar? Vem var han att komma med pekpinnar och

hävda vems felet var att det hade gått så snett?

Tom påpekade att hans främsta uppgift nu var att ta reda på vem som kunde ha haft möjlighet att döda Ellinor. Detta var hans enda skyldighet. Allt annat måste han fösa åt sidan. Harry var tacksam. Detta moraliska stöd som styrde honom i rätt riktning, rakt framåt och inte åt sidan. Bara framåt.

"Vi blir nog tvungna att kartlägga festen timme för timme. Kanske minut för minut" sa Tom.

"Om det är möjligt så... ja. Nu är det ju först minnesstunden i morgon. Jag är lite nyfiken på vilka som dyker upp."

"Du känner ju de flesta, säkert."

Harry nickade. Visst kände han föräldrarna till de ungdomar som gick i Ellinors klass. Och säkert till dem som varit med på festen. Det skulle inte bli svårt att notera vilka som inte var där.

11.

Över Svegs gator och villakvarter hade snön helt
smält bort. Ljusnan hade äntligen befriats från sitt
massiva istäcke och människorna i det lilla samhället
längtade efter ett avslut.

Minnesstunden i Svegs kyrka ägde rum exakt tju-
goåtta dagar efter att Ellinor hade hittats död i sko-
gen. Närvarande var en av ortens två präster, den
kvinnliga kantorn och sjutton av totalt trettio med-
lemmar ur Svegs körsällskap. På främsta kyrkbän-
ken där Ellinors mormor och morfar skulle ha suttit,
gapade utrymmet tomt och ödsligt. Och på de mel-
lersta bänkarna satt kanske tjugotalet ungdomar,
samt några lärare från Härjulfsskolan och Södra sko-
lan, dock inte alla.

Normalt skulle man kunna tänka att så gott som
samtliga invånare skulle trängas inne i och utanför
Sveg kyrka. Tom hade föreställt sig att människorna
här, som väl borde vara i akut behov av att känna
samhörighet, skulle ta tillfället i akt att på detta sätt
sörja lilla Ellinor.

Ville de verkligen inte minnas henne eller ville de

bara inte bli påminda om sina egna ickehandlingar?

Inga uttalanden om trolig dödsorsak hade ännu gått ut till allmänheten. Men det var på något sätt som om man ändå visste. Som om alla hade varit närvarande när hon dog. Som om de redan sett och godkänt alltsammans.

Tom och Harry satte sig på en av de bakersta bänkraderna. Tyst räknade Harry de som kommit till minnesstunden och han kunde snabbt konstatera att antalet närvarande ungdomar vida översteg antalet vuxna.

Tom kände sig upprörd. Borde inte de vuxna varit med och stöttat här? Borde de inte visa på den ryggrad som måste finnas i ett samhälle som detta? Lärarna, ungdomarnas föräldrar? Vem skulle ange tonen i klassrummet om inte läraren? Och vilka skulle föregå med gott exempel om inte barnens föräldrar?

"Det är så det är" viskade Harry uppgivet. "Hur många tror du lyssnar på prästens snack om att älska sin nästa? Den som inte har lärt sig rätt och fel från början kan ju inte föra det vidare till sina barn."

Tre psalmer sjöngs tillsammans med kören. Prästens tal varade i tio eller femton minuter. En elev bar fram en blomsterkrans till podiet. Hon neg framför kransen och sedan var det slut. Ett "Gå i frid."

Så gick man ut till vårsolen och fågelsången som hördes här och var. Till en tillvaro utan skuldkänslor.

”Tror du att det blev ett avslut?” sa Tom.

”Naturligtvis inte.” Harry uttalade orden med avsmak. ”Det är inte så det funkar här. Avskyn för det brutala, det vedervärdiga, den är oerhört stark. Men man talar inte om det. Man stänger in och trycker tillbaka tills olusten har grävt ett så stort hål att man inte står ut.”

”Jag trodde åtminstone att någon kamrat till Ellinor skulle säga några ord. Är det inte så man gör på en minnesstund? Man delar minnen med varandra för att sorgen skall kännas uthärdlig.”

Harry nickade. ”Om hon hade dött av sjukdom kanske, eller av en olyckshändelse som ingen kan lastas för. Det värsta för en liten ort som Sveg är självmord. Näst efter kommer mord men bara om förövaren är utifrån. Någon man inte känner. Om förövaren visar sig vara någon som kände henne då hamnar mord istället överst på skuldlistan.”

”Skulden som vi inte vill känna.”

”Vi känner den men vi vill förstås inte ha den.”

”Och om mördaren är någon vi känner så kunde vi ju ha gjort något mer för att förhindra. Man kanske inte vill tänka så men man tror att andra gör det. Tänk om vi bara kunde prata lite mer med varandra.”

”Det funkar inte så.”

”Så nu hoppas man alltså att mördaren skall vara

en främling" sa Tom. "Men om det inte är så. Hur gör man då?"

"Alla står kanske inte ut. Men de flesta knatar nog vidare som man alltid gjort och tänker att det ska försvinna med tiden."

"Den fråga man kanske borde ställa sig är; vem eller vilka av ungdomarna som var med på festen hade motiv och möjlighet att ta livet av Ellinor" sa Tom.

"Det känns otänkbart att dessa ungdomar skulle kunna göra något så ohyggligt" sa Harry.

"Håll med om att scenariot inte är alldeles otänkbart. Ett hus med massor av fulla ungdomar. Säkert var volymen rätt hög."

"Förvisso, men därifrån till att bära ut henne, köra henne långt in i skogen och lämpa av henne under en gran. Det torde ha krävts mer än en person för att klara av det. Och vem, i sitt omtöcknade sinne ger sig tid och anstränger sig med att sträcka ut håret som en solfjäder? Vem?"

"Ja det känns inte friskt" sa Tom. "Men alla var kanske inte omtöcknade. Alla drack kanske inte."

"Jag tror det är viktigt att vi gör Ellinor mänsklig igen. För de flesta är hon nu en ond tagg som man bara vill glömma. Vi måste prata om henne, hur hon var. Nämna henne vid namn."

"Vi är inga kuratorer, Harry."

"Nej men om vi spelar på ungdomarnas dåliga samvete så förstärks detta varje gång vi nämner hennes namn, vilket är bra. Rätt vad det är så bryter någon igenom."

"Om man ska börja någonstans med nya förhör av klasskamrater och lärare så är väl det viktigaste; *Hur väl kände du Ellinor? Vad tyckte du om henne?* Men vad vi än frågar så kommer det att verka som en kränkning av både lärare och elever. Ingen vill bli ifrågasatt."

Harry visste att han inte skulle fungera som någon bra förhörsledare. Tom kunde förvisso agera bollplank. Men Harry hade också bett honom sitta med under förhören.

"Du behöver inte säga något men det är inte förbjudet om du gör det. Jag är i alla händelser den som måste leda samtalen. Men om jag fastnar, om jag tappar orden och inte vet vad jag skall fråga, då får du väldigt gärna rycka in."

"Absolut" sa Tom. "Jag fattar att det är svårt."

"Det är det säkert för många" sa Harry lågt.

Och ändå; frågorna måste ställas. Sanningen måste fram. För allas skull.

"Det måste för fan finnas nå'n som såg henne innan hon försvann. Nå'n enda" sa Harry.

"Hur många var det på festen?" sa Tom. "Var det enbart elever från Ellinors klass? Kanske ska du börja med ett besök i parallellklasserna. Berätta att du kommer att ha informella samtal med var och en av eleverna. Att föräldrarna naturligtvis får vara med på dessa samtal. Få dem att känna att polisen gör något bra och att man vill hjälpa till. Skapa en känsla av samhörighet."

"Jag vet inte jag... jag vill nog ta dem i små grupper. Jag menar jag är inte så duktig att prata inför hela klasser med tjugofem – trettio elever."

"Jag följer gärna med dig runt i klasserna" sa Tom.

"Det är tillräckligt jobbigt om de ska misstänka att man vill tvinga dem att svara på om vem som var tillsammans med vem."

"Enda sättet att skapa sig en bild av stämningen i en klass är att se eleverna tillsammans. Prata med dem tillsammans. Se vilka som är framfusiga och vilka som håller tyst. Vilka som anger tonen i klassrummet" sa Tom.

Men först nu helg och vila. Harry tänkte sig en runda om Knutens Pizzeria men Tom avböjde och sa att han skulle ta en tur ut till Skogsbrynet och se ifall Tanja var hemma.

De båda vännerna gick mot den stora träbjörnen som tittade ut över Svegs centrum med två bensinmackar och två konkurrerande matvaruaffärer i vardera hörn om samhällets enda ljuskorsning.

Träbjörnen hade vid uppförandet gett orsak till hög-ljudda diskussioner. Billigaste kontraktören fick job-bet. Och nu ett par år senare stod den där med ett brunt skyddstäcke över ryggen och fläktar inuti hål-rummet som gick dygnet runt. Enligt Harry ett tyd-ligt exempel på att dumheten, eller snarare, snålhe-ten hade bedragit visheten. Den jättelika bamsen hade möglat inifrån.

Att träffa Harry så långt efter ungdomstiden hade känts egendomligt för ett år sedan. Denne i ungdo-men gänglige kille som under en tidig period hade visat tendenser till mobbarfasoner, hade nu i vuxen ålder blivit en kompis som Tom såg upp till och av-undades en smula. För ett år sedan upplevde Tom att Harry hade blivit en vek person trots sin överdå-digt bastanta kroppshydda. En man som inte ville någon människa illa.

*

Tom hade fingrat på telefonen gång efter annan men han hade inte nänts dra fram Tanjas nummer. Han kisade upp mot himlen. En tunn sol. Grått vid hori-sonten. Han svängde ut med hyrbilen från Circle K:s parkeringsplats och tog av åt nordväst mot Funäsda-len. Ett par kilometer efter Linsell svängde han av på en skogsväg som ledde förbi ett par enstaka stugor och därefter ned mot en liten tjärn. Han såg på håll Tanjas gråmålade stuga skymta mellan några tallar och enstaka björkar. Bleka solstrålar trängde igenom det bara grenverket som om de enbart hade till uppgift att lysa upp denna lilla stuga.

Han stannade bilen på gårdsplanen och mindes när han vaknat en morgon förra vintern i Tanjas breda dubbelsäng. Han hade sträckt på sig och gått fram till fönstret. Nere på gården hade Tanja varit i full färd med snöskoveln. Med lugna effektiva tag hade hon jämnat ut gårdsplanen från nattens snöfall.

Han hade känt något som kunde beskrivas som Lycka. Nu var det svårt att föreställa sig en, eller två meter hoppackad snö och höga plogfåror som ledde fram till stugan. Ett snölandskap som man normalt bara såg i sagoböckerna, eller kanske på Sydpolen, eller i Kiruna. Härjedalen var inte ett landskap i mängden och trots att det låg nästan mitt i Sverige, så var vintrarna där ofta strängare än i landets nordligaste del. Ett kargt landskap med begränsad och bitvis udda växtflora.

Han kunde inte låta bli att känna förväntan inför det möte som snart skulle ske. Han klev ur bilen, men när han stängde bildörren lite hårdare än han tänkt, fick han för sig att han var iakttagen. Någon satt gömd bakom sin gardin och tittade på honom. Vem? Han hade nästan väntat sig att hon skulle ha sett, eller hört bildörren slå igen och strax skulle hon kanske öppna och hälsa honom välkommen.

Men det låg en märkbar tystnad runt stugans knutar. En svag vind susade mellan granarna.

Grannens bil stod inte på gården så de var nog inte hemma. Nu slog det honom att inte heller Tanjas bil syntes till någonstans. Ibland hade hon den till att plocka ris och kvistar i skogen men på den vårblöta skogsvägen som ledde till myren, fanns ingen blå Audi så långt han kunde se.

Han gick uppför de tre trappstegen och skrapade skorna från gallret. Inte för att han hade jord under skorna, utan för att hon skulle höra att det kom någon.

Han knackade på dörren och slog för säkerhets skull två slag med kläppen. Nock nock. Men tystnaden var fullständig.

Så kikade han in genom det halva fönstret på sidan om dörren. I detta skrymsle under trappen som ledde till övervåningen låg ett par dammiga snökängor, en rostig såg och två mindre lådor med spik och skruvar. Han återvände ut till gårdsplanen och gick runt huset till det fönster där han visste att vardagsrummet låg. Han fann en avsågad stubbe och rullade in den nära husväggen och ställde sig på den för att kunna se in. De möbler som han kunde minnas, en blå soffa, en fåtölj och ett lågt soffbord, en byrå med plats för radion och skivspelaren. Allt var borta. Golvet som hon själv hade slipat täcktes av en mindre trasmatta, som hon själv hade vävt.

Det slog honom att rummet såg betydligt mindre ut nu än som han mindes det med alla möblerna. Mindre och kalare. Inga bilder på väggarna.

Han gick runt till köksfönstret. Här var det inte lika högt så där kunde han se bra. Köket var målat i orange och gult. Han hade inget minne av denna färgskala här. Men de avlånga skåpen med dragluckorna längs väggarna där hon haft sitt porslin, gapade nu tomma och dystra. Mitt på golvet stod köksbordet och två stolar. Tom gick tillbaka till förstugebron och kände på dörrhandtaget. Dörren var inte låst. Nu stod han i hallen och han kunde känna doften, som han hade längtat efter. Han gick uppför den tvära trappan till andra våningen. I en rymlig flyttkartong, låg en taklampa av brunfärgat glas. Han mindes det mjuka skenet som den avgett i vardagsrummet. Dörren till sovrummet var låst. Han vred om nyckeln som satt i dörren till vindsutrymmet och öppnade den. En utriven tidningsartikel om det ständigt pågående renbetesmålet var allt som lämnats kvar. Han tog upp artikeln och började läsa. Nu mindes han var han hade läst den texten förut. Det var för ett år och fyra månader sedan, över en kopp kaffe och en ostfralla och strax skulle dörrklockan plinga och Tanja skulle komma in och slå sig ned.

Det gjorde ont att tänka på henne. Ont att minnas. Längtan kom med en sådan plötslig styrka att han blev rädd. Allt detta som bara funnits här. Som väntat på honom och som nu gått honom förbi. Han frågade sig. *Vad har egentligen inträffat här?* Men han visste samtidigt att det som hänt var ingenting annat än att livet hade kommit emellan.

Han stängde dörren bakom sig och gick ned för stugtrappen. Ett svagt knäpp hördes som av en kvist som bröts. Han stod alldeles stilla och tittade bort mot dungen av kraftiga granar som kantade gårdsplanen. Ett par grenar rördes. Var det vinden? Knappast. Något mörkt, gråbrunt kanske. Stort. Då såg han två klotrunda och mycket vaksamma ögon.

Han tog ett par steg närmare bilen och nu var det endast den som fanns mellan honom och... han såg tydligt att det var en björn, säkert en hona. Att den hade sökt sig hit till utkanten av skogen och så nära människors hus berodde nog på att det ännu var skralt med föda i skogen. Han tänkte på Harrys redogörelse över dagarna med Eskil Thamm och den infekterade diskussionen dem emellan huruvida björnen hade vaknat ur sitt ide eller inte. Jo minsann, hann han tänka. Björnen sover inte nu. Därefter sprang han snabbt till bilen, slängde upp förardörren, sjönk in på sätet och vred om startnyckeln.

När han körde ut från planen såg han i backspegeln att björnen hade vänt och lufsade in i skogen.

12.

Mobilen ringde precis när Tom hade stannat till ut-
anför Linsells Livs för att handla en baguette och en
apelsinjuice. Tom svarade att han inte var i tjänst
men att det gick bra att återkomma nästa månad,
eller nästa år.

"Va?" sa Harry

"Ursäkta, jag tänkte på annat."

"Jag tror vi håller på att få en *break through* här"
sa Harry och det hördes på hans spända röstläge att
han menade allvar.

Halvvägs in mot Sveg ångrade Tom att han hade
struntat i baguetten. Varför denna brådska? Flickan
var ju död och ingen stress i världen skulle kunna
ändra på det.

När han kom in på stationen satt både Harry,
Margot och den omtalade Eskil Thamm från Ös-
tersund vid kaffebordet i köket. Ett fat med mazari-
ner stod framställt. Tom satte sig och tog tacksamt
emot både kaffe och kaka.

"Eskil och jag har jobbat bra här på förmiddagen"
rapporterade Harry.

Hans röstläge var alldeles för mycket i diskanten för att det skulle kännas bekvämt. Östersundskriminalarens nya uppdykande i Sveg, krävde sin förklaring.

"Eskil det här är Tom från Malmö, min kompis från barndomen och pensionerad krimare."

Eskil iakttog Tom med hopdragna ögonbryn.

"Jaha. Är du här bara för nöjes skull?"

En gång polis alltid polis, tänkte Tom. Men i stället sade han något diffust om att han hade kört till Skogsbrynet och att Tanja tycktes ha flyttat.

"Eskil och jag har nu ringat in de viktigaste eleverna" sa Harry.

Tom motstod impulsen att fråga om vilken metod de använt sig av.

Med en sidoblick på Tom fortsatte Eskil Thamm;

"Och nu kan vi äntligen gräva lite djupare i den här utredningen."

"När du ringde mig så sa du något om ett genombrott" sa Tom till Harry.

"Genombrottet är att vi de facto vet att Ellinor var på festen och att hon tydligen drack en hel del."

"Vad är det för målsman som inte ringer och kollar om det är okej att hon sover över" sa Thamm.

"När Ellinors morföräldrar var unga såg världen helt annorlunda ut" förklarade Harry. "Alla kände alla. Det här att man inte kan lita på sina tonåringar har kommit med drogerna. De som bott i samma by i hela sitt liv och är sjutti, åtti år idag, vet ingenting. Det de läser i tidningarna eller ser på TV, det gäller inte dem."

"Vet vi om Ellinor tog droger?"

"Tro det eller ej" sa Harry. "Men de har hittat spår som tyder på att hon kan ha tagit någon form av narkotika."

"Vet man om det fanns någon vuxen med under kvällens lopp?"

Harry skakade på huvudet.

"Tydligen inte."

Eskil Thamm betraktade Tom som om han var ett tänkbart nyförvärv. Han tycktes mäta malmökollegan med blicken. Vände och vred, värderade.

"Nu kan vi äntligen räkna bort 95 procent av de som var med på festen" sa Tham.

"Jag tänker inte lägga mig i ert arbete" sa Tom

"Vi är naturligtvis tacksamma för all den hjälp vi kan få för nu är det handling som gäller" sa Eskil.

"I så fall så är det en sak som jag har funderat på."

Alla tittade på Tom som om de förväntade sig att han skulle servera en färdig lösning, här och nu.

"Olof – i mina ögon borde han utsättas för mer än bara sedvanligt förhör. Kanske ska ni sätta extra press och försöka trötta ut honom så att han till slut inte vet vad han har svarat och varför. Detta är ju normal praxis som man gör med misstänkta brotts-lingar. Men kanske har man haft silkesvantarna på alltför länge vad gäller en del av de här ungdomar-na."

Eskil Thamm såg nöjd ut och vände sig till Tom.

"Exakt min åsikt. Nu ska silkesvantarna av, sanna mina ord!"

"Vi är ju en begränsad trupp här" sa Harry försik-tigt. "Vi har inte så stora resurser som det skulle be-hövas om vi ska kunna pressa på ordentligt."

"Kan jag räkna med dig Tom?" sa Eskil Thamm plötsligt.

"Om det är till någon hjälp så ställer jag självklart upp" sa Tom och det var nog inte bara han som kän-de lättnad i denna stund.

"Jag ska självklart se till att du blir inkallad som extraresurs här så länge det är nödvändigt" sa Eskil Thamm. Och med en ursäkt om att hans fru och barn nog trängtade hans hjälp, begav han sig åter av mot Östersund.

Harry pustade ut, Tom kliade sig i skallen och Margot satte sig vid Harrys skrivbord för att kom-plettera listan med de personer som skulle förhöras ytterligare en omgång.

"Du sa att han inte skulle komma tillbaka" klaga-de Tom när de blivit ensamma.

"Han ville verkligen inte komma hit igen" sa Harry olyckligt. "Men nå'n måste ha skvallrat."

"Du borde kanske inte ha tagit ledigt mitt under en utredning."

"Jag tog inte ledigt. Jag var sjukskriven."

*

Patriks historia

Av ungdomarna som setts på nyårsfesten var Patrik Eriksson den som Tom och Harry hade valt att inleda de nya förhören med. Han var intressant eftersom han var tre år äldre än de övriga ungdomarna och alltså den som hade rätt att handla på systembolaget.

Harry tog emot honom med ett stramt leende samtidigt som han gav honom en vänlig klapp på axeln.

"Visst är väl du färdig med gymnasiet eller hur?"

"Jo."

"Och du bor hemma med din mamma i Linsell, va?"

"Om ni redan vet behöver ni väl inte fråga?

"Vi måste kontrollera allt för formens skull" sa Harry. "Saker och ting kan förändras det vet ju du också."

"Mycket tråkigt med detta som har hänt" sa Tom. Jag förstår om det känns jobbigt men vi vet inte mycket. Allt du kan komma ihåg är till stor hjälp."

"Jag fattar inte vad är det jag ska komma ihåg?"

"Du var alltså med på nyårsfesten."

Patrik slängde med den ljusa luggen och stirrade i väggen, men där fanns inget att fästa blicken på. Till slut hittade han en ojämnhet i målarfärgen och bestämde sig för att fokusera på den.

"Vid vilken tid kom du dit?" sa Harry.

"Åtta ungefär."

"Var det mycket folk?"

"Inte först. Det var väl bara jag och Johan och ett par tjejer, tror jag."

"Vilka tjejer?"

"Alltså, Eva och Maja."

"Känner du och Johan varandra. Jag menar brukar ni träffas utanför skolan?"

"Nå'n gång kanske. Men jag går ju inte i skolan, så..."

"Varför gick du på festen?"

Patrik tittade oförstående på Tom.

"Alltså; varför går man på fest när det är nyår!"

"Dricka kanske. Träffa tjejer."

"Typ."

"Men du kände inte Johan särskilt väl och det var ändå i hans hem som festen var."

"Vi gick inte i samma klass."

"Berätta om Johan. Har han många kompisar?"

"Nja... han är nog rätt ensam."

"Men att festa ihop det är okej."

"Det sa jag ju."

"Okej vi lämnar det" sa Harry. "Hur var det med Eva och Maja?"

"De är från Funäsdalen. Jag visste inte ens vad de hette."

"Men du träffade Ellinor den kvällen?" sa Tom.

"Hon kom lite senare."

"Hur var hon?"

"Tyst."

"Menar du att hon inte pratade med någon?" sa Harry.

"Inte vad jag såg."

"Pratade du med henne?" sa Tom.

"Bara att jag sa hej och så hällde hon upp vin till mig från boxen."

"Kunde du inte ha gjort det själv?"

"Det var hennes box."

"Så *hon* hade med sig en vinbox" sa Harry.

"Vad vet jag. Det var hennes i alla fall. Någon hade väl köpt ut."

"Fanns där någon mer än du som hade åldern inne att handla alkohol?"

Patrik ryckte på axlarna.

"Var det du som köpte ut vinboxen åt Ellinor?" sa Tom. "Svara! Var det du?"

"Varför sitter jag här egentligen? Det är som om

ni tror att *jag* har mördat henne." Rösten brast.

"Tror *du* att Ellinor blev mördad?" sa Tom. "Tror du det?"

"Alltså jag vet väl inte."

"Men du verkar tro det."

"Nå'n sa väl det. Eller så var det nattlinnet."

"Ja?"

"Alltså att hon hade nattlinne på sig."

"Hade hon nattlinnet på festen?"

"Näe, men när hon dog."

Harry böjde sig fram och granskade Patriks ansiktsuttryck.

"Hur vet du att hon hade nattlinne på sig när hon dog?"

"Det stod väl i tidningen."

"Jag kan inte erinra mig att tidningen har skrivit om det över huvud taget" sa Tom. "Någon måste ha berättat. Vem?"

"Vet väl inte jag."

"Nej" sa Harry. "Det vet inte vi heller. Det är därför det är viktigt att få veta varifrån du fick veta att hon hade nattlinne på sig."

"Det kanske inte var ett nattlinne" sa Patrik.

Vad menar du?" sa Harry.

"Alltså ett linne, ett vanligt linne. Hon kanske var varm eller nå't."

"Du menar att hon själv skulle ha plockat av sig

alla kläderna utomhus mitt i vintern?"

"Det har hänt. Jag känner, eller känner är kanske för mycket, men jag vet om en kille som gjort det."

"Varför tror du att Ellinor skulle ha gjort så?"

"Några tog E, inte vet jag. Kanske Superman."

"Superman?"

"Alltså den har bara funnits ett tag. Jag har läst att man kan dö av den. I vart fall svettas man ordent-ligt."

"Du menar ecstasy? Har du tagit ecstasy någon gång?"

"Jag har testat förstås. Men jag gillar det inte."

"Säljer nå'n på skolan, vet du det?"

"Ingen aning. Olof kanske. Jag vet faktiskt inte."

"Hur var det med Olof och Ellinor egentligen? Var de ihop?"

"Du får fråga honom. Kan inte jag svara på."

"Jag tror vi bryter här" sa Harry. "Du ska ha tack för att du kom hit Patrik."

*

Johans historia

Johan hade varit festens värd. En liten, tunn kille med osäker blick kom in i rummet. Han tittade på den lediga stolen och satte sig mitt emot Harry.

I bortersta hörnet stod Tom och iakttog dem.

Harry satte på filmkameran som stod uppställd på stativ mitt emot förhörspersonen.

Johan lät blicken flacka runt ett tag. Ansiktet allvarligt, rena drag. Mungipor som hellre drogs nedåt än uppåt. Harry kände inget obehag kring den här personen. Inte som med en del andra ungdomar han pratat med. Men hos Johan fanns ett slags obeslutsamhet som fick honom att fundera. Han hade känt detta redan under förhören i vintras.

"Förhör med Johan Karlstedt. Utfrågande polis; polisinspektör Harry Hansson. Klockan är 09.15 och det är den tjugonionde april."

"Måste ni filma det här?"

"Stör kameran dig?"

"Typ, ish."

"Va?"

"Ish, typ, alltså."

Tom tänkte att detta modeuttryck från engelskan, som funnits gott och väl en tio – femton år i Malmö, hade alltså nu även kommit hit till Härjedalen.

Harry tittade i några papper som han hade framför sig på bordet.

"Du går i andra året på fordonsprogrammet, stämmer det?"

"Detta har jag ju snackat om."

"Hur trivs du där?"

"Vet inte…"

"Är det bra stämning i klassen tycker du?"

Johan ryckte på axlarna.

"Om jag säger såhär; känner du att du är på rätt utbildning?"

"Sådär, ish."

"Motordelen. Det som fordonsprogrammet hand-lar om? Vad gillar du det?" sa Harry.

"Jag kom inte in på något annat."

"Så du sökte till ett annat program?"

"Typ idrott, men det drogs in."

"Det är orättvist när man känner att man inte hör hemma. Man vill bara sjappa" sa Tom."

"Men vad fan ska man göra?"

"Om jag fattat det rätt så har de ju öppnat idrotts-programmet igen. Du kan kanske byta?"

"Sällan, då måste jag ju gå om tre terminer."

Harry log ett medkännande leende och drog fram ett av papperen.

"Var fanns dina föräldrar under nyårskvällen?"

"Öh äm, i Brunflo."

"Och skulle komma hem när?"

"På nyårsdagen."

"Så det var okej för dem att du hade partaj när de inte var hemma?"

"Jo, ish."

"Hur sa?"

"Alltså jag sa att jag skulle ha kompisar."

"Hur reagerade de på det?"

"De tyckte det var kul, eller nå't, ish."

"Köpte dina föräldrar ut alkohol åt dig? Kanske åt dina kompisar med."

"Det här med krökat har ni ju redan frågat om."

Nu var osäkerheten försvunnen. Pojken såg närmast harmsen ut.

"Vem hade med sig ecstasy?"

"Vet inte faktiskt."

"Men du vet att det förekom?"

" Ja ish, alltså. Jag hörde..."

"Men du tar inte sånt."

"Näe!"

"Men när du fick veta så var det okej?" sa Tom.

Johan ryckte på axlarna.

"Så du gick med på att det användes droger i ditt hem?"

"Så, så" sa Harry. "Vi vet alla hur det är med kompistryck och sån't."

"Jag kunde väl inte bara slänga ut folk."

"Och Ellinor? Kände du henne?"

"Bara på festen. Hade väl sett henne på skolan och så..."

"Tyckte du om henne?"

Johan såg först ner i golvet och sedan upp i taket.

"Vad kände du inför henne?

”Vet inte.”

”Blev du intresserad? Ville du vara tillsammans med henne?”

”Hon var inte nå'n man typ var ihop med.”

”Hur vet du det om du inte hade umgåtts med henne tidigare?”

”Snacket går.”

”Så det snackades om Ellinor. Kan du säga hur?”

”Vet inte. Äm bara snack ish.”

”Så du träffade alltså Ellinor på riktigt första gången på festen och du hade hört att hon inte var någon man blir tillsammans med? Vad hände?”

”Alltså vi snackade lite, ish.”

”Men du själv då, hur har *du* det med polare?”

”Inga särskilda.”

”Varför säger du så? Betyder de inget för dig?”

”Jag är väl inte så intresserad, typ.”

”Av att ha kompisar?”

”Ish.”

”Men du, Johan, jag blir lite nyfiken på vad det är som du gillar mest" sa Harry. ”Som höjer blodtryc- ket, om man säger?”

Tom ryckte in.

”Hör du, var exakt befann du dig när Ellinor gav sig av från festen?”

”Vet inte. Toaletten.”

”Så du såg inte att hon gav sig av?”

"Tror jag väl inte."

"Tror?"

"Men alltså, jag stod kanske i köket."

"Först var du på toaletten och nu säger du att du du stod i köket."

Harry drog fram en skiss över husets nedervåning.

"Tittade du möjligtvis mot hallen när hon gick mot ytterdörren?"

"Men då skulle jag väl ha sett att hon gick?"

"Ja det skulle du ju?" sa Harry.

"Jag tror" sa Tom, att du mycket väl såg att hon gick men att du var förbannad och därför försökte du inte hindra henne."

"Försökte du hindra henne?" sa Harry. "Var det så?"

"Nä, jag var irriterad."

"Men du såg att hon gick?"

"Jag trodde väl att hon skulle ut och röka."

"Hur såg hon ut? Hade hon gråtit? Var hon arg, upprörd, lugn? Sa hon något?"

"Hon kanske muttrade nåt ish."

"Muttrade vad då?"

Johan skakade på huvudet.

"De andra, rökte de också utomhus?"

"Några kanske."

"Men inte alla?"

”Nä.”

”Ellinor gick alltså ut" sa Tom vänd mot Johan. ”Utan att du gjorde, eller sa något?”

”Jag försökte väl, men hon hörde nog inte.”

Nu tittade båda poliserna på Johan.

”Hon ballade väl ur, ish.”

”Varför tror du det? Hade det hänt något?”

”Kanske med Olof, vad fan vet jag!"

”Såg du vad som fick henne att balla ur?” sa Tom.

”Han fjantade sig och körde en show-off-ish grej. Drog av kläderna och sånt. Men hon, hon var liksom helt väck.”

”Vad gjorde de andra?”

”Äh de stod väl där, vet inte faktiskt.”

”Var fanns ni när det hände? På övervåningen, eller i vardagsrummet?”

”Det var väl i sovrummet.”

”Väl? minns du inte?”

”Nå hur gick det? Vad hände se'n?” sa Tom.

”Vet inte. Det höll nog på. Jag gick väl ut ish.”

”Ut från sovrummet, eller utomhus?” sa Harry.

”Ner där nere till köket.”

”Hur många var det egentligen därinne?”

”Typ alla, eller kanske några satt i soffan och chillade.”

”Hörde de inte vad som pågick?”

”Öset var rätt maxat.”

"Jaha så det var alltså hög volym på musiken och de som fanns på nedervåningen kanske inte hörde vad som hände däruppe. Var det dina föräldrars sovrum eller var det ditt?"

"Morsans och farsans."

"Har du någon uppfattning om vilken tid?"

"Kanske före tolv, kanske efter."

"Och sedan måste hon ju ha kommit därifrån och vad hände sedan?"

"Alltså jag var rätt packad, ish. Jo, hon kom nog nedför trappan. Jag var i köket då. Hon svepte ett av glasen. Jag försökte säga något. Men hon bara rusade rakt ut."

"Hade hon på sig ytterkläderna då?"

"Minns inte riktgt – kanske. Hon hade nog mössa, tror jag."

"Kappa, vantar?"

"Jag antar det."

Hur kom nattlinnet in i bilden?"

"Nattlinnet?"

"Ja."

"Jag vet inget om något nattlinne."

"Nähä, så hon rusade bara ut helt uppriven, men innan dess hann hon ta på sig kappan, mössan och kanske vantarna. Hur var det med att han plockade av henne kläderna?" sa Tom.

"Jag vet bara att han drog i dem."

"Var du berusad?"

"Jag sa ju att jag var packad ish."

*

Harry uppfattade en otålighet i rösten, eller snarare en irritation. Han gjorde en anteckning om detta och skrev upp tidsangivelsen som visades på displayen. Därefter avslutade han förhöret med att säga vad klockan var och stängde sedan av inspelningen.

Efteråt kom han på att han borde ha frågat om hur festen blev när den började urarta och han gjorde en notering om detta i sitt linjerade anteckningsblock. Gissningsvis skulle det bli fler förhör. För en sak var säker. Allt måste fram i ljuset, allt! Att ta reda på vem som var mördaren var prioritet nummer ett och han överraskade sig själv med hur enfaldiga alla tidigare ärenden som han hade haft att göra med tedde sig i ljuset av detta tragiska dödsfall.

*

Vid den efterföljande analysen av det inspelade förhöret med Johan Karlstedt kunde man konstatera att vissa oklarheter kvarstod. Hälften av alla ungdomar som närvarat vid festen hade nu blivit förhörda. Ingen av de som återstod räknades som någon potentiell mördare. Inte heller någon av de redan förhörda ungdomarna kunde i ärlighetens namn betraktas som särskilt tänkbar gärningsman.

13.

Margot hade kokat kaffe och nu satt de med varsin kaffemugg och nybakade vetebullar.

"Johan är en snäll kille" sa hon. "Han har inte många kompisar men han verkar inte stå efter det."

"Min tanke är att om det hade funnits någon som accepterar honom som han är så hade de varit kompisar" sa Tom.

"Visst kan det vara lite trångsynt, men vilka samhällen har inte sina koder och regler? Sticker man ut så sticker man ut. Så enkelt är det" sa Harry.

"Jag upplever att sådana tendenser blir starkare ju mer isolerat ett samhälle är."

"Vad tror ni om honom i det här" sa Margot.

"Om han är skyldig till något? Nej det tror jag inte" sa Harry. "Mitt intryck är att han varken har drivkraften eller de personliga egenskaperna för att ta livet av någon."

"Hur skulle sådana egenskaper se ut?" sa Tom.

"En som är i stånd till att döda en annan människa måste kanske ha en viss känslokyla. Jag tror inte Johan är modig nog, helt enkelt."

"Är det modigt att döda, menar du?" sa Margot.

"Inte så. Jag menar att man måste vara självisk och så måste man vara kallsinnig och..."

"Stark, kanske" sa Margot.

"Det krävs nog inte så mycket muskelstyrka för att kväva en tjej om hon är påverkad" sa Tom.

"Hon hade ju varit avsvimmad eller åtminstone omtöcknad innan hon försvann" sa Harry. "Vi glömmer en viktig sak; var hittar vi motivet? Med eller utan muskelkraft, vem har anledning att döda en femtonårig tjej?"

"Vad säger vi om det inte var *en* mördare, utan *flera?*" sa Margot.

"Tänker du på ungdomarna på festen?" sa Harry.

"Det verkar inte möjligt att en ensam person skulle klara av att bära henne ända dit ut."

"Skulle ett gäng fulla ungdomar ha släpat henne hela vägen från huset och till myren? Jag menar det är ändå en bra bit."

"Varifrån kommer nattlinnet?"

"Var det inte meningen att hon skulle sova över någonstans? Hon hade väl med sig nattkläder och tandborste" sa Margot.

"Innebär i så fall" sa Harry, "att någon drog av henne kläderna och sedan klädde på henne nattlinnet och därefter fraktade ut henne till platsen."

Tom suckade. "Känns ändå väldigt fel."

"Kanske dags att ställa frågan om det är någon av ungdomarna som kan köra bil" sa Margot. "Man behöver ju inte ha körkort för att tycka att man kan köra. Jag menar vem skulle löpa risken att bli stoppad av polis på dessa vägar och på nyårsafton?"

"Lite hopplöst känns det, medgav Harry. Vi vet ju inte ens om hon verkligen försvann ut från huset, ensam."

"Framförallt måste vi ta reda på var hennes ytterkläder finns någonstans. Har vi genomsökt huset ännu?"

"Gjordes den andra januari, men vi hittade inget av värde."

"Inga kläder och ingen övernattningsväska?"

Harry skakade på huvudet.

"Hon kan ha haft grejerna i en plastpåse" sa Margot. "Letade ni efter en plastkasse?"

*

Under den gångna veckan hade diskussionerna varit minst sagt ivriga kring fikabordet på Svegs poliskontor. Harry och Tom hade stött och blött motivfrågan, möjlighetsfrågan och blandat dessa med sådant som tillfälligheter och slumpens inverkan på människans psyke. Alternativt motiv, så som rädsla, hade heller inte glömts bort. Man hade skissat på scenarion som

alla utgått från festen. Huset i Linsell var medel-
punkten kring vilket alla frågor snurrade.

Tom hade undvikt att prata allt för mycket om
Tanja. Dels ville han inte tråka ut Harry och dels för-
bjöd honom hans personliga stolthet att erkänna att
han var uppriktigt ledsen över att hon hade lämnat
alltsammans och inte meddelat honom. Det var med
översvallande vänlighet som Harry hade bjudit in
honom att delta i denna utredning och därför måste
han också hålla en viss distans.

I övrigt var det omöjligt att komma längre än de
redan gjort på det så kallade kompisspåret. Slutsat-
sen hade dragits, på förslag av Margot, att det inte
var huset, eller festen, som varit utgångspunkten för
själva dådet. Ellinor hade dödats någon annan stans.
Hon hade kämpat emot sin baneman och troligen
också under färden till myren. Därav luddet under
naglarna.

Vad tänkte hon när hon skrapade med naglarna?
Visste hon att hon inte skulle överleva eller var hon
bara panikslagen? Inga andra synliga tecken på hen-
nes kropp, utom ett märke på pannan. Men detta var
inte tillräckligt för att hon skulle ha avlidit. Varför
hade man inte tänkt på detta? Det kunde visa sig av-
görande och så hade ingen fäst någon uppmärksam-
het vid det. Skrapmärket. Var kom det ifrån? Hade
hon blivit jagad i skogen och stött emot något, men

då skulle hon kanske ha trillat och då hade man hittat märken både här och där. Jagad i arton minusgrader och iförd endast ett nattlinne?

*

Att återse barndomens vinterskogar och ensliga vägar efter alla dessa år i storstan, hade känts egendomligt för ett år sedan. Nu tyckte Tom det var som att komma hem. De upplevelser som verkat främmande då och som suttit så djupt gömda i minnet att de hade varit smärtsamma att plocka fram, detta upplevde han nu som något att längta till. Som om de svåraste upptäckterna hade putsats av och blivit nästan behagliga. Att han nu kunde se dem i ett ljus som inte gjorde ont. Så var det alltså och efter detta fanns bara nuet och framtiden. Han kände åter att han stod stadigt på marken, att stegen han tog var självvalda och därför önskade.

Inte för att det här året hade gått särskilt fort eller ens omärkligt förbi. Tvärt om. Liv hade fått sitt barn, en liten flicka och familjelivet tycktes på något sätt ändå uppsluka henne. Inte så att hon släppt karriären eller ens tagit mammaledigt någon längre tid. Men hennes hårdnackade attityd mot omgivningen tycktes ha mjuknat precis så som han hade hoppats att den skulle göra. Misstänksamheten mot andra människor hade lagt sig och istället hade hennes naturliga fräschör och aptit på livet vuxit sig starkare. En positiv anda omgav henne och han älskade den. Det kändes emellanåt som om han hade fått sin systerdotter tillbaka.

Utanför huset hördes skrapande tag. Han borde ha skyndat sig nu, duschat och klätt på sig och snabbt som fanken sprungit ut för hjälpa till med trädgårdsarbetet. Men han visste att Harry trivdes därute. Trivdes med värmen från kroppsarbetet, den svala luften i lungorna. Harry hade sin tillvaro här. På sommaren arbetade han också med kapning och huggning av de långa stockar som han fick fraktat hem varje vår.

Hur skulle hans eget liv som tidig pensionär kunna se ut i ett landskap som detta? Skaffa jakthund. Bli medlem i Harrys lag, skjuta älgar och björnar. Träffa gubbarna varje fredag, supa till, spela kort och skryta om sina bedrifter. Sitta och lyssna till jägarnas väl utbyggda berättelser om vilka fina djur de skjutit genom åren. Han som hatade att se döda djur.

Han visste att den som inte inordnade sig i det här livet ohjälpligen skulle hamna utanför. Man måste gilla att vara utomhus. Det var bara jakten på hösten och pilkningen på vintern som gällde. Att han föredrog ensamheten, skulle plötsligen bli ett problem. Den som höll sig för sig själv kunde bli utstött, för att inte säga utmobbad. Trakasserier fanns i alla nyanser. Inget att förvånas över.

"Jag tänker på det här med mobbing" sa Tom, när de satt runt köksbordet med sina kaffemuggar och Margots nybakade vetebullar.

"Det svenska samhället är som upplagt för uteslutning. Ja, men hela livet här."

"Med ungdomarna, menar du?"

"Vad de vuxna gör, gör ungdomarna lika" sa Margot."

"Ungdomar och barn har alltid mobbat varandra i alla tider. Det är klassiskt" sa Harry.

"Jag minns hur det var" sa Tom. Den som inte inordnade sig blev mobbad, gammal som ung."

"Man skulle kunna tro att Härjedalen har sin egen maffia" sa Margot. Egna lagar och några få som bestämmer.

"Vilka skulle vara maffian, menar du?" sa Harry.

"Vi har ju till exempel Nilssons, Julias föräldrar.

"Men allvarligt, Margot. Tror du att det var mobbing som tog livet av Ellinor? Vad får dig att tro det i så fall?"

"Jag tycker att jag kan se situationen som den kan ha utspelat sig" sa Margot. "Olof dricker sig full. Ska skryta med sin erövring, en flicka som inte har några kompisar. Vi vet ju alla att den som inte har kompisar blir en som ingen vågar vara tillsammans med. Olof var med henne och därför ville han skryta om det inför de andra. Visa att han minsann inte var rädd."

"Rädd?"

"Den som är utstött ska man sky som pesten, så har det varit ända sedan medeltiden."

"Vi lever väl inte i medeltiden" sa Harry bestört.

"Vet du, ibland undrar jag" sa Margot. "Vi har en nyårsfest med många ungdomar. Ryktet sprider sig snabbt. De kommer från alla håll. Och eftersom det är nyår, ska ungdomarna få vara uppe lite längre, så föräldrarna har lovat hämta sina telningar klockan ett. Då har ungdomarna fått en rimlig chans att städa upp efter sig. Ordentliga föräldrar, ordentliga förmaningar. När de vuxna sedan kommer med sina bilar, är det lugnt inne i huset. Förstämningen märks knappt."

"Tystnaden tolkas som trötthet" sa Tom.

"Precis. Ungdomarna har haft roligt och nu är de trötta. Ingen säger något. Ingen tänker på att fråga om Ellinor. Så klart. Hon är inte någon man lägger märke till, särskilt om hon inte är där."

"Så när sanningen avslöjas, drar folk öronen åt sig" fyllde Harry i.

"Precis. En jänta anmäls saknad. Ok, skallgångskedja, men vad mer? Nada!"

"När hon sedan hittas död, säger man att hon var lite egen, att hon inte var omtyckt" sa Tom.

"Som om det var hennes eget fel att hon dog" sa Margot. "Och har man inte lagt locket på tidigare så gör man det nu, med reglar och allt."

"Föräldrarna pratar ju inte med sina ungdomar" sa Harry. "Det står inget i tidningen. Den döda talar man inte om, onödigt att riva upp sådant som ingen vill ha del i."

"Just det, man tar inte del, Harry. Man tar inte del!"

"Vad händer sedan?"

"Skolkuratorn, kanske prästen..."

"Precis. Samhället – eller ska vi säga skolledningen – låter meddela att för dem som behöver någon att prata med så finns skolkuratorn. Men henne är det inte många som känner förtroende för. Återstår alltså prästen."

"Minnesstunden i kyrkan."

"Och hur många kom?" sa Tom.

"Det borde ha varit betydligt fler."

"En gång utstött alltid utstött. Till och med efter att man har dött."

"På så vis tiger man ihjäl det som varit."

"Naturligtvis kan man inte fördöma" sa Tom. Men den här händelsen måste ha upplevts som svår, kanske just för att inget gjordes medan hon levde.

Inga vuxna som avbröt och styrde upp."

"Tycker du alltså att vi skall känna medlidande med de som finns kvar, de som svek och som nu har samvetskval?" sa Margot.

"Samvetskval kan leda till förändring. Men jag tror nog att vi bör tala med prästen. Kanske har någon av ungdomarna ändå velat lätta sitt hjärta."

"Tjänar nog inget till, de har tystnadsplikt" sa Harry.

*

Två veckor efter att forensikerna i Umeå avslutat sin utredning av den femtonåriga flickan Ellinor Rydholm, drabbades Sveg av ett aldrig förut skådat socialt bombnedslag.

Begravningsceremonin, som hade varit betydligt enklare än den föregående minnesstunden, var äntligen avklarad. Tjänstgörande präst hade tillsammans med två medlemmar ur Svegs körsällskap, ägnat en tyst minut, före nedsänkningen av kistan i den väntande graven.

Tre skopor, och "av jord är du kommen, till jord skall du åter varda."

Harry tog av sig upp pistolhölstret, dängde det i skrivbordet med en duns och kliade sig frenetiskt över bröstet. Han lyfte telefonen ringde Thamm.

"Jag måste få veta nu" sa han snabbt. "Ellinor Rydholm, hittade de några tecken på sperma?"

"Det vet vi inte ännu. Däremot spår av ett MDMA-preparat, typ; ecstasy."

"Och alkohol?"

"Man hittade en del, men vi vet ju inte om kroppen varit nedfrusen hela tiden, eller om den har tinat vid blidväder och sedan frusit igen. I så fall, kan hon ha intagit större mängder."

Resultatet hängde egentligen på om det skulle gå att hitta något blod att analysera, över huvudtaget. Kroppen kunde ha frystorkat, eller hunnit förmultna vid eventuell upptining. I vilken grad var ännu för tidigt att säga."

Harry harklade sig.

"Tyvärr har vi gjort en lite tråkig, eller vad ska man säga, upprörande upptäckt. Vi, eller ja... Margot har hittat något som vi är säkra på handlar om Ellinor."

Han berättade om filmklippet som Margot hade råkat snubbla över på Youtube. Hon hade fått ett e-postbrev som skickats iväg kvällen innan begravningen, men eftersom hon haft annat att göra, hade posten inte blivit kollad förrän två timmar efter avslutad begravningsceremoni.

Nu satt Harry där och stirrade på det ljudlösa youtube-klippet, samtidigt som han stammande för-

sökte förklara för Eskil Thamm vad det var han trod-
de att han såg. Han hade tvekat lite vid nämnandet
av den dödas namn. En tvekan som han inte känt
förut, innan Youtubefilmen. Denna obegripliga käns-
lokyla.

"Men säg mig en sak" sa han slutligen. "Hur i hel-
vete ska vi klara av detta? Vi har alldeles för magra
resurser för sån't."

"Jag vet inte om jag kan bidra med något, tjugo
mil bort, men du kanske kan hålla förhören om fil-
men tillsammans med din kollega från Malmö, om
han är kvar?"

"Jag tror nog han ställer upp, vilket är bra, för
han har ju inga känslomässiga bindningar att ta hän-
syn till."

Eskil Thamm suckade.

"Tror du inte att ungdomarna har lärt sig att ta
avstånd från den typen av mobbing nu, efter det som
hänt?"

"Jag tänkte så förut, men jag vet inte. Fattar du?
Jag vet verkligen inte vad jag, eller någon annan här
kan göra för att vrida detta rätt. Har du något förslag
hur vi ska gå tillväga?"

"Det enda jag kan se är prata med dem, om och
om igen. Påverka deras synsätt."

"Det gör man inte över en fikapaus, direkt. Det
måste i så fall ske betydligt mer organiserat och

målmedvetet" sa Harry. Och de resurserna har vi ju inte här i Härjedalen."

"Jag ska se vad jag kan göra, härifrån" sa Eskil Thamm. "Utbildning, kanske."

"Det skulle i så fall behövas för både lärare och elever."

"Och poliser".

*

Harry gissade att filmen som lagts ut på Youtube, hade tagits i samma hus som nyårsfesten ägt rum. Utsnittet visade en bred trätrappa som förmodligen ledde upp till övervåningen. På trappan låg en flicka till synes helt livlös. Kameran svepte över en hop nyfikna ansikten, skadeglada, kanske. I alla fall leende. En person hade böjt sig över flickan. Han drog av hennes trosor, närbild på pojkens ansikte. Han såg upphetsad ut. Men kvalitén var dålig så det var inte helt lätt att avgöra. Han juckade med intensiva, stötande rörelser. Flickkroppen vajade av och an, än mot det snedgående trappräcket, än mot väggen. En tavla föll ned på hennes huvud och blod rann från pannan. Någon lyfte bort tavlan. Pojken juckade och grimaserade. Den totala tystnaden förstärkte intrycket av våldsamhet, av förnedring, av utplåning. När våldtäkten var över och förövaren slutligen sjönk ihop över flickkroppen, klappade åskådarna händer. Deras leenden frystes till stillbild och tonade långsamt ut i vit dimma.

Harry kunde inte komma ihåg att han sett något liknande. Filmen hade fyllt honom med sådan vämjelse att han inte trodde sig kunna titta på den igen. Han visste att det skulle bli nödvändigt för att identifiera de närvarande, men det skulle bli det tuffaste han någonsin gjort. Han vågade inte tänka tanken att flickan kanske redan var död när våldtäkten genomfördes. Död eller medvetslös. Varför i helvete hade han inte fått labbutlåtandet ännu?

14.

Genomgången av Ellinors hem hade dröjt på tok för länge. Harry borde ha sett till att det blev av först av allt. Istället hade man gått respektfullt fram, alltför respektfullt, tyckte han nu. Istället för att riva upp himmel och jord, hade man helt enkelt bara undvikit att förhöra de som var allra viktigast.

När de nu äntligen stod här och tvekade att öppna dörren till stugan var det inget påtagligt som gav Harry anledning till de misstankar han fick. Det kunde kanske bäst beskrivas som en svag förnimmelse, under bråkdelen av en sekund. Inte mer.

”Jag tror inte vi kommer att hitta något användbart" sa han. Det som teknikerna inte lagt beslag på, har nog Ester och Arvid städat bort.”

Medan Harry vände och vred på böcker, pärmar med skolarbeten och diverse skrivhäften från låg- och mellanstadiet, fick Tom syn på en anslagstavla, på vilken det fanns några gruppfoton från dagis, lekis och småskolan. Ett schema där ämnena skrivits in med grönt bläck. Ma, Na, Sv, So, Eng, Spa, Gy, och något otydligt med blyerts skrivet på snedden över hela spalten för fredagseftermiddagen. "Ingen dagbok, verkar det som. Inga brev."

"Sköter man inte allt sån't i datorn nu för tiden?" sa Tom.

"Eleverna får låna en bärbar dator från skolan" sa Harry. "Men Ellinors laptop har skolan tagit igen."

"Varför så snabbt?" sa Tom.

"De behövde den" till en nyinflyttad elev."

När de åter satt i bilen, kunde Tom inte hålla sig.

"De får väl för fanken inte lägga beslag på sådant som skall ingå i en brottsundersökning."

"Man tänkte nog inte så" sa Harry.

"Det är det som är knuten" sa Tom. "Skolan är bara intresserade av att förneka att skulden skulle vara deras."

"Tänk så här, fortsatte han. "Björnen står mitt på gårdsplanen, men vi märker den inte."

Och nu förstod Harry vart han ville komma.

"Man behöver inte vara rädd att väcka den, för den står hela tiden mitt på gårdsplanen. Björnen å sin sida behöver ju inte heller vara rädd, för den står ju bara där."

"Tills vi inte ser den längre."

Efter kontakt med en av skolans två rektorer, kunde konstateras att laptopen hade raderats på allt sitt innehåll och sedan lämnats vidare till den nya eleven,

Eva Jonebring. För säkerhets skull bestämdes att kontakt skulle tas med eleven i fråga för att se om där verkligen inte fanns något enda spår kvar. Hårddisken var raderad, men om man inte dessutom hade formaterat om den så fanns kanske ändå en liten chans att man skulle kunna hitta spår i loggfilerna, om inte annat.

Vid kontakt med polisens datorexpert Kim Tong fick Harry veta att det var viktigt att få tag på datorn, innan nya filer hann läggas till, eftersom dessa då kunde skriva över de som fortfarande fanns där.

Harry och Tom satte sig i Harrys Chevrolet, varpå han drämde på med ett hastigt tryck på gaspedalen så att bilen snurrade två varv i gruset innan den gick att räta upp igen.

Tom höll i sig i handtaget ovanför sidofönstret.

"Hur kör du karl?"

"Vi har ingen tid att förlora."

Harry log ett snett leende. Hans förtjusning var inte att missta sig på. Den här mannen kunde lika gärna ha blivit racerförare om han inte blivit polis.

"Jag gillar när det händer saker" sa han.

Han stannade inte förrän bilen nådde skolgården. De båda poliserna, rusade genom ingången och uppför trapporna till gymnasiets övre våning där de flesta klassrummen låg.

I ett av rummen mötte de en lite väl ung lärare

med utslaget ljust hår. Hon stod böjd över ett av borden och var i färd med att samla ihop papper som låg utspridda i klassrummet.

"Eva Jonebring? vilken sal?"

"Hon är nog nere i matsalen nu, klassen har lunch och efter det har de idrott.

"Var är gymnastiksalen?"

Läraren pekade ut byggnaden där man utförde idrottsövningar och poliserna rusade ned för trapporna igen. Tom kände kraftigt pumpande slag i hjärtat. Han måste stanna och hämta andan. Harry fortsatte att springa med en kondition som en sjuttonåring. Tom undrade om de hade många bovjakter här uppe i fridens landskap.

"Tränar du?" frågade han när han äntligen kom ikapp.

"Nähä, inte" sa Harry stolt.

"Men något gör du väl för att hålla igång så bra?"

"Nja, det är väl luften här uppe, den är lite friskare än nere i Malmö."

Han sa det som en självklar sanning, utan ironi, utan pikar, eller värderingar. Det var bara så, helt enkelt. Luften var friskare i Härjedalen än i Malmö. Inget att förundras över.

"Men du är kanske mycket ute i skog och mark" envisades Tom.

Harrys kroppshydda skvallrade dock inte om några överdrivet ihärdiga fysiska aktiviteter. Den rymliga magen, vällde ut över det breda läderskärpet som en bullig sandsäck.

De fann Eva Jonebring vid ett hörnbord längst bort i matsalen. Lunchrasten var nästan slut och slamret med porslin och bestick och skrap av stolar störde knappt. Hon åt av köttsoppan med långsamma rörelser, förde skeden ned och ut mot tallrikskanten, innan hon lyfte den och förde soppan till munnen. Det såg nästan förnämt ut. Var kom hon ifrån?

Flickan iakttog de båda männen medan de kryssade mellan de tomma borden. Det var tydligt att hon visste varför de hade kommit. Hon böjde sig ned och drog fram laptopen ur en skinnväska som hängde över stolsryggen.

"Jag har knappt hunnit använda den" sa hon.

"Men den är raderad, eller formaterad?" sa Harry.

"Tror inte det, eller jag vet inte. Men de kan inte ha gjort det särskilt noga, i vilket fall. Där verkar finns en del filer som nog går att läsa."

"Men du har inte läst dem?"

Hon skakade på huvudet.

"Det känns så overkligt, på något sätt. Att jag tar över en död tjejs dator. Hur dog hon, egentligen?"

"Vi vet inte riktigt ännu" sa Harry. Kände du henne?"

"Alltså jag har flyttat hit med min mamma från Djursholm i Stockholm."

"Varför just hit?" sa Tom.

"Hon hade sina skäl."

"Trivs du här?"

"Inte än, de gillar nog inte stockholmare."

"Det kanske lossnar så småningom. Ge det lite tid bara. Försök skaffa *en* kompis, det kan räcka ganska långt" sa Harry.

Eva kunde mycket väl kunde bli den nya Ellinor, om hon inte fick lite hjälp. Det var inte lätt att komma ensam in i den intrikata miljö som skolväsendet fyllde upp samhället med. Att komma hit med en annan dialekt, inga vänner och en mamma som kanske känt sig tvungen att fly från något.

"Det måste vara så" sa Harry. Man flyttar inte från Djursholm om man inte måste."

"Dödsfall, skilsmässa kanske"

"Jojo, men till Härjedalen?"

"Du har rätt" sa Tom. Härjedalen är på något sätt utposten av alla samhällen."

"Att vara ensam i Sveg är som att vara ensam på Treriksröset."

Besvikelsen när de hade fått rekonstruerat datorn gick nästan inte att beskriva. Några få dokument, troligen påbörjade skolarbeten. Samma skolschema som suttit fastnålat på Ellinors anslagstavla. Inga dokument med personliga brev och inga dagboksanteckningar. De sidor hon hade surfat på via skolans internet (det fanns inget internet i hemmet) tillät bara en viss trafik, så dessa var av intet intresse. Ingen bloggtrafik. Egentligen ingenting.

"Alla tonåringar har väl hemligheter" sa Tom förundrad."

"Tydligen inte Ellinor. Hon gjorde kanske inget som hon behövde dölja eller hålla hemligt."

"Men hur var det med Maja?"

"Om de två hade hemligheter så vill Maja nog fortsätta att hålla det hemligt" sa Harry.

"Hur är det med droger? Känns nästan overkligt att den här tjejen som tydligen var lite utstött, skulle hålla på med sådant alldeles för sig själv. Hur fick hon tag på det, i så fall?"

"Via internet. Det är många som köper den vägen" sa Harry."

"I så fall kände hon någon som inte var alltför övervakad av sina föräldrar."

"Olof?"

"Hög tid att plocka in honom, eller hur?" sa Tom.

"Visst, visst självklart."

*

Förhöret med Olof Lovén startades klockan 8.45 på-
följande morgon. Vid protokollet; polisinspektör Elof
Harry Hansson och kriminalinspektör Tom Elfvers-
son från Malmö. Närvarande i rummet fanns föru-
tom Olof, hans mamma Margit Lovén.

Att man hade valt att kalla in pojken Lovén till
regelrätt förhör istället för till ett informellt samtal
eller intervju, berodde på den film som man hade
bevittnat via Youtube. Försök hade gjorts att plocka
bort filmklippet, men i väntan på att dessa kvarnar
skulle mala, valde man att nu spela upp den i för-
hörsrummet. Istället för att dokumentera förhöret
med sedvanlig ljudinspelning, hade man placerat en
filmkamera för att dels få med filmen och dels kunna
se ynglingens ansiktsuttryck.

Olofs mamma satte upprepade gånger händerna
för ansiktet. Hon ville inte se det som hon förstod
måste vara sant. Hon hade svårt att känna igen sin
son på filmen, sa hon, men nu var det inte hon som
hade kallats in till förhör.

"Inledningsvis vill jag säga" sa Tom, "att jag tän-
ker vara helt uppriktig mot dig. Jag tror att du på
något sätt är ansvarig för att Ellinor försvann på ny-
årsnatten."

"Ditt handlande på den här filmen visar en otro-
lig, ja skrämmande människosyn" fyllde Harry i.

Olof visade inget uttryck av vare sig avsmak över

det han tvingades bevittna, eller ledsamhet över sitt eget handlande. Han bara satt helt stel. Kanske stirrade han på något. Kanske vände han blicken inåt. Det var svårt att avgöra.

”Vet du vem som filmade och sedan lade ut det på nätet?”

Olof skakade på huvudet.

”Du vet verkligen inte?” sa Tom lite barskare.

”Det sa jag ju.”

”Var du själv påverkad av något, alkohol, droger?”

Inget svar.

”Hade du druckit?”

”Kanske, ja lite.”

”Droger? Ecstasy, kanske?”

”Nä, aldrig. Jag skulle inte ta E.”

Olof sneglade på sin mamma.

”Förståndigt av dig. Du vet att den drogen finns i oerhört många varianter och det är inte alla som är ”snälla” som alltså enbart innehåller MDMA. Man blandar i vilket skit som helst. Det går inte att avgöra vad det är för något förrän man har svalt det och då är det för sent.”

”Tog Ellinor ecstasy? sa Harry.”

”Kanske. Vet väl inte jag.”

”Var det därför hon var medvetslös?”

Han skakade på huvudet.

”Vad tror du?” sa Harry.

"Hon kanske redan var död" sa Tom. "Var hon död, Olof?"

Olof höjde armen som för att skydda sig.

"Var hon död när du våldtog henne, var hon det!"

Nu lösgjordes en tår och rann ned på pojkens ena kind.

"Vadå våldtog? Vi var ihop."

"Har ingen som helst betydelse, Olof" klippte Harry av. "Inte rent juridiskt. Ett övergrepp är ett övergrepp."

"Var hon död, Olof? Var hon det?" sa Tom.

"Vad fan vet jag?"

"Nej du bara våldtog henne! "Spelar väl ingen roll för dig om hon var levande eller död, eller hur?"

"Det var inte så" skrek han med bruten röst. "Det var faktiskt inte så."

"Hur var det då?"

"Allt det där var bara en act. Jag våldtog henne aldrig. Det ser bara så ut."

"Men nu är hon ju död som du vet."

"Det var inte jag!"

"Men du vet väl att hon försvann från huset? Att hon troligen grät och var förtvivlad och sprang ut från huset, efter din lilla *act*?"

"Jo... ja. Men det var inte då som hon stack."

"Så när fick hon nog av allt det här och försvann?"

"Någon timma senare, kanske. Jag vet inte."

”Vad är det du inte vet?”

”Om hon lämnade festen, eller; jag såg henne inte då. Det var någon som sa det.”

”Vem?”

”Johan.”

”Är du säker på det?”

”Klart att det var han.”

”Varför är det så klart?”

”Han har alltid koll och så var det ju hans fest.”

”Kan det ha varit han som filmade?”

”Kanske... jag vet faktiskt inte. Men det kan ha varit nå'n av tjejerna också.”

”Vem av tjejerna skulle det vara?”

”Vet inte... Madde”

”Varför tror du det?”

”Hon har ett gäng, jag menar hon bestämmer.”

”Så Madde har ett gäng som hon bestämmer över. Som hon styr, kanske?”

Olof nickade.

”Fast det gör inte ditt agerande trevligare.”

”Jag vet.” Nu såg han skamsen ut. Han hängde med huvudet. ”Det var dumt, jag fattar det. Men det var bara precis helgalet, alltså.”

”Har du någon uppfattning om vem eller vilka som säljer ecstasy på skolan?”

”Inte på skolan, kanske.”

”Men det finns alltså någon som säljer?”

"Antar det."

"Men du har aldrig köpt?"

"Jag använder inte så'n skit."

"Nähä, men vem är det som säljer och till vilka?"

"Jag vet faktiskt inte, jag är inte med där."

"Är det Johan, är det han som säljer?"

"Vet inte."

"Olof ryckte på axlarna och markerade att nu tänkte han inte säga mer."

Förhöret avslutades och klockan var 10.45.

15.

Maddes historia

Madeleine Knutsson hade krängt av sig ryggsäcken och kastat upp den på golvet i sin pappas sandfärgade Toyota pickup. Nu sjönk hon ned på sätet och knäppte fast bilbältet.

"Där är du ju min stumpa" sa hennes pappa och log ett stort flin så att alla tänderna syntes.

När han själv gick i skolan brukade han bli retad för att hans avlånga ansikte liknade ett hästansikte. Det var bara så mycket tänder i vägen överallt. Vad som än hände så ville han inte att hans egen dotter skulle bli hånad och retad som han själv hade blivit. Visst, det var annorlunda nu. Nu var han någon. En person som genom hårt arbete blivit en aktad och i viss mån även omtyckt samhällsmedborgare. Hans maskinpark gav familjen en anständig status och en solid ekonomi. Detta betydde mycket och mest av allt ville han att hans dotter skulle få det bra. Den som blir mobbad och retad i skolan, blir en outsider. Och är man väl utanför murarna så kommer man inte dit in igen om man inte kunde slå sig fram med båda armbågarna. Så som han själv hade gjort. Han tjänade bra på sin maskinuthyrning och därför var han accepterad. Men fortfarande kunde han ibland känna att människor tittade underligt på honom. Någonstans bakom de återhållna ansiktsuttrycken lurade hånflinet. Som han hatade mer än något annat. Mats med hästaflabben.

Han frågade sin dotter om hur dagen varit, men hon tittade bara ut genom fönstret och struntade i att svara.

"Du kan berätta om det är något, det vet du."

"Det är lugnt" sa hon.

Och så blev det inget mer sagt om det.

Han önskade att de hade kunnat prata om både lättsamt och svårt. Att hon skulle känna en spontan glädje över att få berätta om sådant som hänt i skolan. Eller utanför på rasterna. Att hon skulle känna det som naturligt att anförtro sig åt honom. Men den kontakten hade de aldrig haft. Hur mycket han än hade berättat om sin egen skolgång och försökt ta fram goda minnen, roliga minnen. Försökt att locka till skratt och lust att anförtro. Det var som om hon hela tiden visste att han ljög och förskönade sin egen skoltid. Som om hon funnits med bland åskådarna när han blev utskämd och retad. Förföljd till och med. Han ville inte erkänna det för henne, inte för någon. Men det fanns där förstås hela tiden som ett mörkt hinder. Han visste inte hur han skulle sudda bort det. Det han längtade mest efter skulle aldrig ske. Hans hästansikte skulle aldrig bli fagert. Han kunde inte plötsligt bli den faderlige räddaren som stod upp för sin dotter och skyddade henne mot ondskan. Han visste det och hon visste det och sedan var det inte mer med den saken.

I hemmet var Madeleine en tyst och stillsam tonåring. Kompisar kom emellanåt och hälsade på. Någon enstaka gång hände det att de stannade till kvällen och åt middag med familjen. Madeleines lillebror Bob var stökig och utåtagerande. Föräldrarnas dåliga samvete för att han tilläts ta upp så mycket av den tid som Madeleine borde ha fått, visste inga gränser.

*

Till skillnad mot sin far var Madeleine en söt flicka med ett askblont änglahår som framkallat avund bland skolans övriga flickor. Men det mjuka hårsvallet stod i direkt kontrast mot hennes uppnosiga uppsyn och illmarigt gröna, lite sneda ögon. Hennes mun, hur näpen den än kunde verka, gav ofta upp ett försmädligt flin så fort tillfälle gavs. Hon tycktes inte rädd för vare sig killar eller tjejer, busar, eller lärare. En del lärare, skolans rektor inte minst, tog en omväg när de fick syn på Madeleine. Hon hade ett hov av tjejer som som aldrig var sena att finna på finurliga och nedlåtande kommentarer om personer som de mötte. De skadeglada skratt som åtföljde denna grupp var tillräckligt för att ge den mest förhärdade bråkmakare kalla kårar. Alla räddes Madeleine Knutsson. Fastän hon var en smal, nästan mager liten individ så lyckades hennes närvaro på något sätt alltid framkalla en stor olust. Ingen ville konfronteras med henne.

Onödigt att säga fick hon nästan jämt högsta betyget och detta var precis vad som förväntades. Bara så behölls friden, i klassrummet och utanför. Men hur många som än följde henne och gjorde henne till viljes i allt så fanns det inga på hela skolan som ärligen kunde säga att de tyckte om henne. Mitt inne i sin egen hängivna krets var Madeleine Knutsson skolans ensammaste tjej. Och hon bekämpade denna ensamhet under varje vaket ögonblick av dygnet på det enda sätt som hon visste hur. Genom att trakassera och trycka ner de som redan från början var för svaga för att kämpa emot.

Klockan var 15.16 när polisinspektör Harry Hansson satte på ljudinspelningen. Övriga närvarande vid denna intervju med Madeleine Knutsson var Tom Elfversson och Madeleines pappa Mats Knutsson.

Harry; "Berätta lite om dig själv, Madeleine."

"Om mig? varför?"

"Vi har pratat med Olof om nyårsfesten hemma hos Johan. Som vi har förstått det så var du också där."

"Kanske det, kanske."

Normalt skulle man kunna tänka att en så färgstark person som Madeleine Knutsson skulle blekna något utan sitt lilla hov. Men Madeleine visade ingen som helst tveksamhet, eller svaghet. Hon hade helt enkelt inte lust att berätta något för de här stofilerna.

"Vi vet att du var där och vi vet att du var med när Olofs övergrepp på Ellinor ägde rum."

"Så det vet ni."

"Jag ska säga helt uppriktigt som jag tänker, började Tom."

"Och?"

"Alltså."

Han irriterades över att han tvekat. Denna snutiga unge behövde sättas på plats.

"Jag tror att det var du som filmade Olofs övergrepp. Jag tror att du dessutom hetsade de andra som tittade på."

"Så kan ni helt enkelt inte säga!" sa hennes far.

Madeleine låtsades inte om hans inpass.

"Jaha, lycka till med det då."

"Med vad?"

"Med din tro, eller vad det nu är du har...."

Hennes leende var så elakt, så fräckt, att både Harry och Tom kom av sig.

"Du, vi ska nog ta en titt på din mobil" klämde Tom fram och sträckte fram handen. Madeleine lämnade motvilligt ifrån sig mobilen.

Han fick impulsen att vädja till Madeleines medlidande, men insåg, innan han uttalat orden, att hon inte skulle visa någon empati. Åtminstone inte i den här situationen. Så han lade om sin taktik.

"Ellinor" sa han högt, "är död och vi vet att hon inte tog livet av sig. Det vi vill försöka ta reda på är exakt vad som hände timmarna innan hon dog, alltså vad som ledde fram till att hon sprang ut, för det var väl det hon gjorde?"

"Hon stack, det gjorde hon. Vart vet jag inte."

Flinet hade försvunnit från Madeleines ansikte. Det var tydligt att Toms utbrott hade haft effekt.

"Jag vet ju att du är både vaken och intelligent" sa Harry. "Så jag är lite nyfiken på, vad du tror. Tror du att det här med Olof kan ha varit orsaken till att hon avvek?"

"Men det var ju bara på skoj."

"Men hon var väl medvetslös?"

"Knappast."

"Vad menar du?"

"Det var bara en show."

"Så du menar att Ellinor spelade med?"

"Absolut. Det var ju hon som kom på idén."

"Varför skulle hon hitta på något sådant?"

"För att hon gillade konstiga grejer, helt enkelt. Hon var så'n, bara."

"Men nu är hon död" sa Harry. "Vi behöver verkligen all hjälp, förstår du."

"Jag har inte gjort nå't" sa Madeleine.

"Känns det viktigt för dig att poängtera det?" sa Tom.

"Absolut, skulle det inte vara viktigt för dig om du hade varit med när någon dog?"

"Var du alltså med när hon dog?"

"Det sa jag inte, jag menar bara att det inte var jag, äh... jag vet inget."

"Vad vet du då?"

"Att hon var på festen och att de andra plojade med filmningen och att hon sedan plötsligt inte var där."

"Vem lade upp filmen på Youtube?"

"Ingen aning, det var väl den som höll i kameran."

"Och vem var det?"

"I alla fall ingen som jag känner."

"Var det du?"

Tystnad.

"Var det du som höll i kameran, Madde?"

"Äh, det var ingen kamera, alltså. Det var bara en mobil."

"Nu tycker jag att min dotter har svarat på alla era frågor så bra hon kan. Jag kommer inte att tillåta att ni pressar henne mer!" sa Mats Knutsson förargat.

"Okej, bara avslutningsvis; vet du någon annan som vi bör prata med, som kan ge oss svaren på de här frågorna?"

"Ni kan ju alltid kolla med någon av niorna."

"Hur länge behöver ni ha hennes mobil?" sa Mats Knutsson.

"Vi lämnar den till tekniska, det kan kanske ta någon vecka" sa Harry.

*

Tipset att prata med niorna, visade sig vara värdelöst. Ingen av dem som hade varit med på festen visste något alls. Däremot skulle det visa sig att samtalet med Madeleines bästa kompis Alicia, gav resultat.

Hon var betydligt mer meddelsam och poliserna märkte snart att hon hade ett behov av att få prata med någon vuxen om nyårsfesten.

Efter en timmes lunch hade man hämtat Alicia från hennes teckningslektion och tagit med henne till stationen. Någon ringde hennes mor, som genast gav sig av från sitt jobb på Konsum i Sveg. Mamman anlände till stationen fem minuter senare och ställde sig genast bakom sin dotter och lade händerna på hennes axlar..

”Det var helt sjukt, det mesta" sa Alicia. ”Hela kvällen var skruvad.

”Ellinor sa till sin mormor att hon skulle sova över hos en kompis, var det du?” sa Tom.

”Det var liksom ingen idé, vi bor rätt nära varandra. Dessutom sov jag ju över hos Madde.”

”Umgicks ni under kvällen?”

”Det var rätt mycket folk, men vi snackade väl, kollade läget och så.”

”Var hon tillsammans med någon?”

– På sätt och vis, eller, hon gillade Olof. Hon sa att hon skulle vara med honom. Men jag fattar inte var hon fick det ifrån, att han skulle vilja vara tillsammans med henne.”

Alicia log som i samförstånd.

”Varför tror du det?” sa Tom. ”Har han sagt det?”

”Därför att man blir inte ihop med en som Ellinor.”

”Vad menar du med *en som Ellinor?*” sa Harry förbryllat.

”Alltså, det fattar man väl.”

”Jag har sett henne växa upp och jag kan inte begripa att det skulle vara något särskilt med henne" sa Harry, som nu hade svårt att hålla tillbaka irritationen. ”Förklara så att jag förstår, Alicia. Varför skulle en kille som Olof inte vilja vara tillsammans med en som Ellinor?"

"Hon var ju bi, ju."

"Var har du hört det ifrån?" sa Tom.

"Det vet väl alla."

Alicia gav till ett högoktanigt skratt, som lät förfärligt i Harrys öron. Tom ansåg att det var ett nervöst, skratt eller möjligen ett uttryck för skadeglädje. När han senare funderade ytterligare, kom han fram till att skrattet nog hade uttryckt rädsla. Ren och skär rädsla.

"Är det hon själv som har berättat detta, eller har du hört det från andra?" sa Harry.

"Madde såg henne stå och hångla med en tjej i åttan."

"Minns du om hon var berusad?" sa Harry i ett försök att ta bort den obehagliga stämningen.

"Hon var aspackad. Hon kunde inte stå på benen, gick och raglade överallt. Det var äckligt, alltså."

"Var det därför som hon hamnade i trappan upp till övervåningen?" sa Tom.

"Alltså jag hjälpte henne till en säng, där hon bara sjönk ihop. Sen knoppade hon väl där."

"Det var ju snällt av dig att du hjälpte henne" sa Harry. "Men säg mej; hur kunde det komma sig att en så illa omtyckt tjej alls var bjuden?"

"Det ska du väl inte fråga mig om" sa Alicia trumpet. Fråga Johan, det var ju hans fest.

"Vad hände sen" sa Tom.

"Hon vaknade väl till, kanske. Jag såg nog när hon kom utraglande igen från sovrummet."

"Var det då hon sprang iväg?"

"Tror inte det. Jag hörde henne snyfta i badrummet."

"Var befann du dig, då?"

"Vet inte, men jag var kanske på övervåningen, det finns en soffa i hallen där som... jo just... det var ju i soffan de höll på."

"Höll på med vad?"

"Filmningen alltså."

"Så du såg när det filmades?"

"Du måste svara på frågan, Alicia" sa hennes mamma barskt. "Svara nu och inga dumheter."

"När hon kom ut från toan syntes det att hon hade gråtit jättemycket. Någon av tjejerna från verkstadsprogrammet gav henne en tablett så hon skulle lugna ner sig.

"Vad heter hon, vet du det?"

"Vet inte."

"Vems idé var det att göra film?"

"Maja... Madde, eller nå'n."

"Kan du berätta vad som hände?"

"Olof drog henne först till trappen, då hade hon ingen tröja på sig men BH:n hade han inte fått av, tror jag. Men så kom Madde på att vi kunde göra filmen utan ljud och att man kunde ändra nå'n inställning så att allt gick dubbelt så fort som en stumfilm. Jag vet inte varför det inte blev så."

"Om du vet att det var Madde som kom på att ni skulle filma så vet du väl också om det var hon som höll i kameran" sa Tom.

"Det var inte Madde. Hon bara regisserade."

"Så vem var det?"

"En kille tror jag, på Samhälle. Jag har i all fall sett honom där."

16

Tom och Harry gick ut på trappan till polishuset. Den klara förmiddagsluften kändes gott att dra in i lungorna. Harry tände en cigarett.

"Du röker inte? Jag har för mig att du gjorde det sist" sa Harry."

Tom nickade.

"Jag brukar få ett återfall vartannat år ungefär. Det är nog stressrelaterat."

De senaste dagarna med intervjuer, samtal och åter samtal hade snurrat runt i huvudet som en trasslig härva av obestämbara trådar. Inga färger. Bara lösa tåtar som varken tycktes ha någon början eller slut.

"Det känns som om alla har något att dölja.

"De ljuger om vad de själva hade haft för sig. Den här senaste tjejen, Alicia, är den enda som känns någorlunda uppriktig" sa Tom.

"Dock är det lite oklart hur pass tajta hon och Madde är."

"Hon kanske inte heller har några kompisar" sa Harry.

"Det blir många ensamma personer" sa Tom.

"Ja högen bara växer. En hög av ensamma själar som alla har något att dölja och alla bär de på skuldkänslor."

"Och med rätta" sa Tom. Jag tror att de flesta av festdeltagarna var med om trakasserierna mot Ellinor och dessutom så har nog det här pågått en längre tid. Kanske flera år."

"Varför går man på en sådan fest där man vet att man kommer att bli mobbad eller trakasserad?"

"Kärlek" sa Tom. "Hon var väl kär i Olof. Det sa ju Alicia... att Ellinor nog hade hoppats på något där."

"Men hon blev fruktansvärt besviken. Även om hon tagit ecstasy och var redlöst berusad så måste hon ändå ha förstått att något hade hänt" sa Harry.

"Eller så fanns det någon vänlig själ som berättade det för henne senare när hon nyktrat till. Någon som ville skona henne från ytterligare pinsamheter."

"Nå'n med samvete" sa Harry. "Nå'n som Alicia."

I samma stund han sagt detta kom Harry på vad det var som hade känts fel i det Bengtssonska huset.

Huset var rensat från personliga tillhörigheter, men det visste de ju, redan innan de hade åkt dit för att gå igenom det. Det som Bengtssons inte hade gjort sig av med hade teknikerna tagit vara på. Men hur kunde det komma sig att både Bengtssons och teknikerna hade missat att ta ner fotografierna från

Ellinors anslagstavla? Bilderna var från när hon var betydligt yngre. Från en tid som kanske hade varit en bra tid innan trakasserierna började. Bilder från en tid fylld av olust sparade man inte på. Sådana klassbilder betalade man inte för att kunna ha hemma, där man ständigt blev påmind om hur djävligt allt hade varit. Men varför hade teknikerna inte plockat ner dessa bilder och lagt dem till handlingarna? Var detta en miss eller ansåg de inte att bilderna hade någon betydelse? De enda bilder som visade att Ellinor alls hade funnits. Kunde teknikerna i så fall ha missat något ytterligare?

Harry tog upp mobilen och ringde Eskil Thamm.

"Tjänare, Sveg här" sa han. Kan du kolla om forensikerna har gjort några anteckningar om Ellinors sovrum. Tog de några foton på själva rummet?"

"Ska kolla" sa Eskil Thamm.

Fem minuter senare ringde Harrys mobil.

"Som det verkar hittade de inget av värde i gästrummen som tillhörde pensionatet. Men det står ingenting om flickans rum, undras varför."

"Vet du vad jag tror?" sa Harry. "Jag tror att teknikerna bara har stuckit in skallen i dörröppningen och trott att det var ett gästrum."

"Förklara dig karl!" sa Thamm.

"Det fanns bara allt som allt tre sovrum i huset. Bengtssons sovrum ligger på nedervåningen och flickans rum och ett gästrum är på övervåningen."

"Herre gud!" sa Thamm. Harry kunde riktigt se framför sig att kollegan tog sig för pannan med en överdrivet dramatiskt gest.

"Ingen fara" sa Harry, "jag och Tom åker ut på en gång."

Klockan hade blivit en bra bit över sex när Harry svängde runt på planen utanför Bengtssons stuga på Remmet.

Det var inte svårt att förstå hur teknikerna kunde ha missat bilderna. Anslagstavlan bestod av en tunn korkskiva som satt fastspikad i träväggen bakom dörren. Alltså hade personen som stuckit in huvudet, inte fått syn på den.

En låg byrå med tre lådor, tomma naturligtvis, för Bengtssons hade gjort sig av med samtliga Ellinors tillhörigheter. Sängen var bäddad med rena lakan, men när Tom böjde sig ned och kände efter med handen på baksidan av sänggaveln kände han något. Han drog ut sängen och där satt den. En iPhone med guldrosa mobilskal, fastklistrad med dubbelsidig tejp. Detta hade förmodligen inte Bengtssons känt till.

"Hur har hon haft pengar till en sådan?" mumlade Tom.

"Hon kanske fick hand om sitt eget studiebidrag".

"Eller så ordnade hon pengar från annat håll."

"Du menar att lilla Ellinor, inte var så stackars i alla fall" sa Harry.

"Jag menar bara att hon kan ha varit som vilken annan tonåring som helst. Men oavsett hur hon var eller om det som hände henne bara är en slump, så tror jag vi ska plocka in Alicia till nytt förhör" sa Tom.

Och Harry höll med. Det kändes som om de nu äntligen var på väg i någon riktning. Även om han spjärnade emot tanken på att just Ellinor skulle ha hållit på med någon form av brottslig verksamhet. Men detta sa han inget om till Tom. Framtiden fick utvisa var de skulle landa. Men för första gången sedan flickan hittades så trodde han själv på att de verkligen skulle landa och detta kändes mycket bra.

*

Alicia kom ensam till förhöret. Hennes mor kunde inte närvara den här gången men hon hade gett sin tillåtelse att dottern skulle få bli förhörd ändå.

"Vi behöver få ett par extra uppgifter från dig" sa Harry vänligt.

Tom viftade med den rosa mobilen i luften.

"Den här är Ellinors. Och på den har vi hittat en rad SMS som vi tror kommer från dig. Visst är det väl du som har det här numret?" Han visade ett av SMS:n på displayen."

"Ja, och?"

Tom läste högt;

"Bra om du kan fixa nåra E till festen."

Ivägskickat den tjugoandra december.

"Visst är det väl så att du bad henne fixa ecstasy till nyårsfesten?" sa Tom.

Alicia såg klart omtumlad ut, men fann sig snabbt.

"Elefantöl. Hon skulle handla alkohol av en kille och jag bad henne att handla några öl till mig."

"Du ljuger dåligt" sa Tom. "Mycket dåligt."

"Jaha då gör jag väl det."

"Du kommer nog inte att åtalas för det här med ecstasyn" sa Harry snabbt. "Men jag tycker att du är den som har varit mest öppen med hur det faktiskt var på festen. Vi tror därför att du kan hjälpa oss. Berätta Alicia; sålde Ellinor narkotika på skolan?"

Alicia tittade på sina händer i knät.

"Hon gjorde det nå'n gång i alla fall. Men jag vet inte hur mycket. Hon hade nå'n som hon träffade ibland som hon köpte av. Ester och Arvid hade ju inte direkt koll på läget, om man säger."

"Så det där med att hon fick en tablett av någon för att lugna ner sig det var inte sant?" sa Harry.

"Man blir inte lugn av E. Man blir mer uppåt."

"Men det visste ju inte vi, korkade poliser" sa Tom.

"Ungefär så ja. Ni skulle ju inte bli nöjda förrän jag sa nå't."

"Men nu då" sa Harry. Hur känns det nu, tycker du?"

"Ganska bra faktiskt. Det är inte kul att alla tycker så synd om henne som om hon var världens ängel. För det var hon ju inte."

Tom flyttade sin stol närmare Alicia och tittade stadigt på henne.

"Den hon köpte av, vem var det?"

Hon sa att han var resande men fråga inte mig vad det betyder. Han reste väl antar jag."

I pausen som följde började hon svettas.

"Alltså, jag har aldrig sett honom. Hon kallade honom bara *gubben*. Det är bara det jag vet. *Gubben* och resande."

"Det heter handelsresande" sa Harry. "Vilket innebär att man reser runt till olika platser och tar upp beställningar på varor som man sedan skickar ut till kunderna."

"I den här mobilen har vi också hittat flera andra nummer som gissningsvis går till dina klasskamrater. Vet du om de andra också brukade köpa?"

"Antar det. Jag vet att Olof gjorde det. Men jag tror egentligen inte att hon sålde för att bli rik."

"Varför tror du att hon sålde?"

"Jag tror att hon försökte skaffa kompisar bara. Men alla flinade ändå åt henne. Bakom ryggen."

"Var det för att hon var bisexuell?"

"Äh det var bara som jag sa för att ni skulle sluta fråga om allt."

"Så hon var hetro?" sa Harry.

"Vad spelar det för roll?" Man får väl vara som man är. Det är väl ingen annan som ska lägga sig i det?"

"Varför tror du att hon hade svårt att få kompisar?"

"Jag vet inte varför det blev så men det började redan på lekis. Se'n spred det sig till skolan och i mellanstadiet var det väl hela Sveg, i princip."

"De vuxna också?"

"De var de värsta. De och klassföreståndaren."

"Om det var så tillåtet att mobba Ellinor – har du några tankar om vem som kan ha dödat henne?"

"Jag vet inget mer men jag tror inte det var meningen direkt."

"Varför tror du inte det?"

"Nå'n kanske blev sur på henne."

"På grund av drogerna?"

"Det har hänt förut. Det är allt jag kan säga."

Det var en något mer återhållen Alicia som svepte ut ur förhörsrummet.

Harry och Tom utväxlade blickar. Båda kände sig nöjda med utfallet.

"En kringresande försäljare i Ellinors omgivning. Där ringer en klocka, eller hur?" noterade Tom.

"Det kan ju ligga något i vad hon sa om någon som blev sur på Ellinor" sa Harry. "Men jag tror faktiskt att vi kan avföra Olof från de huvudmisstänktas lista."

Tom höll med. "Vi måste gå ut med en efterlysning av den där handelsresanden som brukade övernatta hos Bengtssons. Höra med affärerna i Funäsdalen. Någon måtte väl ha handlat av honom och försäljarens namn bör ju finns på fakturor och sådant."

*

När Tom vaknade följande morgon hade Harry redan gett sig av till polisstationen. Han gick in i hallen och förbi expeditionen där Margot satt och klistrade frimärken på en bunt fönsterkuvert. Han nickade åt henne och gick ut i köket där Harry hade satt sig med mikrovärmt kaffe och en tidning.

"Jag skulle faktiskt vilja berätta för elevernas föräldrar att det förekommit droger på skolan" sa Tom.

"Kanske det" sa Harry. Jag menar alkohol är väl sin sak, men ecstasy känns definitivt inte bra."

"Grejen är väl den att eftersom man hela tiden byter ut några beståndsdelar i de här drogerna så hinner lagregleringen inte med."

"Men du bör kanske inte säga något ännu om att det var Ellinor som sålde" sa Harry.

"Nej, det har de ingen glädje av. Vi vet ju inte ens om hon faktiskt sålde."

"Återstår bara operation dörrknackning" sa Tom.

"Du menar att vi vädjar till föräldrarnas rättskänsla så att de släpper in oss och låter oss prata med deras tonåringar."

Harry drog in luft och fortsatte.

"Ja, jag har inget bättre förslag."

"Vi får inte ge upp nu" sa Tom.

"Alltså, jag vet hur långt man kan gå och vad som gör att man inte kommer någon vart. Tro mig."

"Du har ju bott här hela livet" sa Tom. Han kunde mycket väl kunde föreställa sig hur hela utredningen skulle kunna gå i sank om ortsbefolkningen valde att sätta sig på tvären."

"Alla vet nog något" sa Harry."

"Då måste vi tala om för dem att det är straffbart att medvetet förhindra en polisutredning. Och rör det sig om mord så är det ännu värre. Då kan de få fängelse hela bunten."

"De gör bara som de alltid har gjort" sa Harry. "Och de håller ihop, ska du veta. Du kommer ju att återvända till Malmö, men jag ska stanna kvar här och kunna jobba. Det är det jag tänker på."

De gick de sista metrarna till Restaurang Mysoxen och betalade för dagens rätt bestående av två mycket små steksillar med hemlagad mos och en skvätt lingon. De nya ägarna var nepaleser.

"Kunde de inte haft mat från Nepal istället?" sa Tom och tänkte med saknad på restaurang Bullens menyer i Malmö.

*

Harry hade helt rätt. För den som ville stanna och verka på en liten ort som Sveg gällde att man fogade sig. Spelade ingen roll om man var polis eller gatsopare. Inte för att Tom hade sett någon gatsopare här men ändå. Reglerna måste följas och de regler som gällde för det här samhället hade sett likadana ut så länge han kunde minnas.

Sveg var en enslig ort som man lätt kunde få intrycket av att den på måfå hade kastats ut mitt i vildmarken. Här gällde samma lagar som för vilken annan plats som helst. Hålla ihop eller gå under. Skolungdomen visste det och de vuxna visste det. Lärarna fogade sig och sänkte blicken när sådant inträffade som man helst inte borde se eller höra. Men med internet hade allt blivit så oerhört mycket synligare. Vem som helst kunde lägga upp vad som helst på nätet. Den eventuella granskning som påstods förekomma på Youtube var inget annat än en rökridå. Det gällde lika för människorna här, liksom i övriga världen.

Den mentalitet som bredde ut sig mellan dessa karga fjäll och djupt liggande dalar, kunde man dock inte finna på så värst många andra platser. Eventuella misshälligheter drevs på i väl inkörda spår. Gamla oförrätter rapades upp så fort tillfälle gavs. Så hade det varit både före och efter internet. Tom förstod att det aldrig skulle kunna bli på något annat sätt oavsett vilka insatser som drevs igång.

*

På fjärde förhörsdagen konstaterade Harry återigen att han inte trodde att de skulle kunna komma så mycket längre i sitt sökande efter en mördare.

"Så länge vi saknar bevis. Man kan ju inte åtala tjugo – trettio ungdomar bara för att de inte förhindrade att någon blev mobbad."

"Jag vet ett experiment som gjordes på en liten ort i Värmland" sa Tom. "Man varken anklagade eller polisanmälde. Men man lät varje elev få ett enskilt möte med rektorn och någon annan vuxen person som var omtyckt av eleverna."

"Gympaläraren, är tydligen poppis."

"Okej, som gympaläraren då. Eleverna fick sitta ner i lugn och ro och berätta vad de hade sett och kanske lite om hur de kände inför att se en kamrat bli mobbad. Efter det fick varje elev ha ett möte med den mobbade eleven."

"Krävs väl att den mobbade är oerhört stark som person."

"Effekten blev att många elever kände det som att någon hade lyft av en mycket tung ryggsäck från deras axlar. De fick lättat på sina egna skuldkänslor för att de inte hade försökt förhindra trakasserierna."

"Så du menar att samtidigt som man tog bort skulden så fick man information som man annars inte skulle ha fått" sa Harry.

"Precis. Det blev som att frigöra dem från ett obehagligt kontrakt – det att man inte får skvallra. Ingen behövde känna sig skyldig. Men faktum är att alla hade något de ville berätta."

"Hur blev det i skolan sedan?"

"Stämningen blev lite bättre. Trakasserierna upphörde, eftersom mobbarna hade fått klara besked från vuxenvärlden att ett sådant beteende inte var okej."

"Jag kan inte tro att de blev bästisar" sa Harry.

"Nä, absolut inte. Hela samhället hade ju både sett och accepterat förhållandet. Det skulle krävas

helt andra åtgärder för att de skulle kunna bli vän-
ner. Men exemplet visar ändå att det går att göra nå-
got och hur viktigt det är att vuxna reagerar, marke-
rar och även styr."

"Det är nog bra det där alltsammans" sa Harry.
"Men jag tror att alla människor har både gott och
ont i sig. Om det onda får ta överhanden kan det bli
slätt omöjligt att vrida tillbaka't igen. Den som kan
ta livet av en jäntunge som Ellinor är inte som du
och jag. Han har sidor som ingen psykoterapi i värl-
den kan ta bort."

17.

I det senkomna utlåtandet från rättsmedicinen i Umeå, fann utredande rättsläkare det troligt att förövaren i första hand hade kvävt sitt offer genom tryck mot mun och näsa. Man hade kunnat konstatera slemhinneskador på läpparnas insidor i form av ytliga sår och rödprickig missfärgning – typiska slemhinneblödningar. Dessutom hade man funnit en slitskada på philtrum som syntes genom ett slemhinneveck i mittlinjen på läppens insida.

Spår av accentuerade blödningar i huden tydde på att offret även hade utsatts för traumatisk asfyxi, så kallat burking, genom ett kraftigt tryck mot bröstet.

Troligt var att offret hade varit vid liv när våldtäkten genomfördes. Men sperman som återfanns i hennes kropp hade man ännu inte lyckats identifiera då förövaren inte återfunnits i något brottsregister.

"En kvalificerad gissning" sa Harry "är att sperman ändå kan vara pojkvännens."

"Han bör topsas omedelbart." fastslog Tom.

*

I håret hade man hittat ludd som inte kom från den klänning hon hade på sig. Under naglarna fanns en liten mängd av samma fiber. Med hänsyn till dessa fynd kunde det antas att hon hade blivit bragd om livet på en annan plats än vid fyndplatsen och att hon hade försökt kämpa mot sin mördare.

Vidare återfanns, förutom alkohol, även mindre halter av MDMA i blodet vilket tydde på intag av ecstasy. Mängden var dock knappast tillräcklig för att anta att hon av egen vilja skulle ha företagit en promenad i sådana tunna kläder, och i kalla vinter-natten.

Troligt var att offret först hade blivit bragd om livet och därefter fraktad till skogen där hon senare återfunnits. Vid diskussion om flickan möjligen kun-de ha kvävts av en kombination av ecstasy och stark kyla ansågs detta uteslutet.

Utomhustemperaturen hade vid tidpunkten då hon försvann från huset i Linsell, uppmätts till dryga minus arton grader Celsius. För att risk för and-ningssvårigheter skulle kunna misstänkas, krävdes upp emot trettiofem minusgrader. Med eller utan ecstasy i kroppen.

Vilken sjuk människa som var i stånd till att utfö-ra en sådan handling var det polisens sak att utröna.

Känslan av vanmakt hade ännu inte släppt på denna arbetsplats där man alltjämt hade en stor tyngd på sina axlar. Om det hade ansetts troligt att flickstackaren hade tagit livet av sig eller dött av en olyckshändelse, så skulle arbetsuppgifterna framstått som i det närmaste självklara. Tom hade kunnat betrakta sig som överflödig i annat än att han kanske kunde fungera som ett stöd för Harry, vilket denne i och för sig skulle behöva för en bra tid framöver.

Men nu fanns inte längre hoppet om en tydlig arbetsfördelning.

"Vi blir tvungna att arbeta dubbelt så ihärdigt" sa Harry. "Ellinors mördare måste hittas och han måste sättas bakom lås och bom."

*

Han hade ställt bilen på Fjällvägen i centrala Sveg. Därefter hade han gått ut och plockat fram resväskan med alla broschyrerna. Detta brukade inte innebära några direkta svårigheter. Men just idag kändes det som om han hade fyllt den slitna läderväskan med bly. Papper kan vara förbaskat tungt, tänkte han, vred om nyckeln i bildörren och gick sedan raskt över vägen till hotell Mysoxen. När han stod i foajén blev han osäker på om han faktiskt hade låst bilen eller bara tänkt att han skulle göra det. Hade han verkligen vridit om nyckeln, eller bara tänkt att han skulle göra det. Han fnös åt sin egen tankspriddhet och ställde ifrån sig väskan på golvet. Framme vid disken togs han emot av Fonus-Janne, som i sin egenskap av tillfällig nattportier hade bytt ut sin svarta skinnväst mot en väst i rödstickat garn.

I väntan på att nykomlingen skulle sluta stirra ut genom fönstret, sysselsatte han sig med att dra ihop ögonbrynen ihop och ut, ut och ihop. Omväxlande roterade han med näsan för att avgöra om det var läge att peta ut kråkan som satt där, eller inte.

"Jag har beställt rum" sa gästen slutligen, när han böjde sig fram för att lägga upp väskan på ett avsides soffbord. Han hade i hastigheten slängt ned plånboken, tandborsten och två byten av kalsonger bland de färgglada broschyrerna. Nu plockade han upp plånboken och drog ut körkortet. Så hejdade han sig.

"Ett ögonblick. Jag måste bara ut och kolla om jag låste bilen." Och så var han ute igen och traskade med raka steg över den folktomma gatan.

En minut senare återvände han märkbart lättad. "Den var låst" sa han."

"Jaha" sa Fonus-Janne. "Det var ju tur det. Inte för att det spelar någon roll, precis. Här har inte stulits någon bil på..." han verkade tänka efter. "På år och dar. Jag tror inte att det har hänt alls, faktiskt."

Janne höll upp körkortet i luften, granskade det och skrev sedan en anteckning i liggaren.

"Det blir nummer tolv" sa han och lämnade över nyckeln. "Andra våningen."

"Har ni hiss? Nähä, inte det" sa mannen och började mödosamt släpa upp väskan för trapporna till andra våningen.

Fonus-Janne kontrollerade att inga nya bokningar hade inkommit och tog på sig sin keps och skinnpaj och försvann ut bakvägen via lunchrestaurangen som nu var tom på gäster. Jobbet som hotellportier var ett av flera extraknäck vid sidan av begravningsbyrån. Någon gång i veckan körde han också taxi för Bolins, som i sin tur anlitades av Molins Taxi i Sveg. Olika bilar, samma bolag.

Janne tyckte att den här mannen hade känts bekant på något sätt. Han visste inte vilka ord han skulle sätta på det så här i efterhand. En nervös typ, helt säkert. Supernervös och lite irriterad.

Gissningsvis var han försäljare, av alla broschyrerna att döma. Någon vanlig turist var han i vart fall inte. Men det fanns något annat också.

Han kollade klockan och gick de få metrarna bort till Knutens pizzeria där han beställde en stor stark och en inbakad Calzone utan skinka. Han hatade pizzaskinka. Medan han åt och drack höll han ögonen på ytterdörren ifall Harry skulle komma in.

Men Harry lyste med sin frånvaro. Mätt, men lite missräknad betalade Janne till sist och lämnade pizzerian. Ja, ja, det är väl en dag i morron me´, tänkte han och promenerade hem till Myrgränd för att knäppa på TV:n, om inte annat.

*

Kvällen var ovanligt mild. De båda barndomskamra-terna hade tagit en uppfriskande promenad till Svegssjön och stannat där ett tag och tittat på en mycket vacker solnedgång. Harry var glad att Tom inte tycktes ha bråttom ner till Malmö igen. Kollegan ville verkligen hjälpa till och detta kändes betryg-gande.

"Jag gör ju bara vad du skulle ha gjort om jag hade varit ensam med något liknande" sa Tom.

Harry tänkte på sitt misslyckade samtal med Maja i hennes hem. Hon hade spridit en olust som till och med fick Madeleine att ligga lä.

"Vi måste ta itu med henne också" sa Tom.

"Jag vet" sa Harry. "Jag har bara inte kunnat få mig till det."

Solen hade försvunnit och de började gå raskt till-baka mot Harrys hus på Norra Kolgränd.

"Hur gick det med Funäsdalen?" frågade Tom, när de var nästan framme.

"Det verkar inte som den här personen har varit särskilt flitig. Men på ICA, av alla ställen var det en kontorsanställd som kom ihåg en kortvuxen karl som försökte sälja en kopiator till honom."

"Kunde han minnas när detta var?"

"Jo, det var det som var spännande" sa Harry. "Han var där så sent som igår."

"Då kanske han fortfarande finns någonstans i närheten" sa Tom. "Fick du något namn?"

"Nej, det var ju det. De köpte inget. Men han gav ett bra signalement. Ölmage, skägg på undersidan av hakan som en slags tunnare skepparkrans. Och irriterande blick."

"Irriterande blick" upprepade Tom. "Hur ser en sådan ut?"

"Han sa bara så; irriterande blick. Blå ögon, isblå tror jag han sa."

*

Maja hade under Harrys föregående försök, visat sig vara mycket svår att förhöra, bland annat beroende på att föräldrarna envisades med att hela tiden svara i hennes ställe. När de äntligen inte sa något förhöll hon sig bara trumpen och avvisande.

"Jag föreslår att vi tar ut henne från lektionen och visar filmen. Så länge vi inte kallar det för förhör så kan vi kanske slippa föräldrarna" sa Tom.

Harry gned sig osäkert om hakan. "Men varför

tror vi att hon sitter inne med så mycket egentligen?"

"Hon var bästa kompis med Ellinor så länge som ett par år. Enligt Ester och Arvid sov hon ofta över, när de var mindre.

"Hennes situation hemma var kanske inte den allra bästa efter vad jag förstått. Men jag är rädd för att föräldrarna skulle explodera."

"Jag känner på mig att Maja vet något om den här mannen som vi letar efter. Inte klassens nummer ett och inte ens Olof, utan Maja. Hon som var Ellinors bästis" sa Tom.

*

Förhör med Maja.

Harry och Tom hade fått låna ett tomt klassrum. I detta visades nu Maja in. Men hon gick över tröskeln ytterst motvilligt.

Harry bjöd henne att sitta ner på en stol. En knapp meter från stolen stod en mindre skärm på ett golvstativ.

"Rätta mig om jag har fel men du var väl bästis med Ellinor, eller hur?" sa Tom.

"Aldrig."

"Men ni var väl kompisar?"

"Okej, okej, men inte som *du* tror."

"Berätta!"

"Alltså – hon var så förbannat korkad bara."

"Nu ska jag visa dig något" sa Harry lågmält.

Harry satte igång filmen med våldtäktsscenen.

Maja försökte se ner i golvet.

"Jag vill att du tittar på det här" sa Harry vänligt.

Motvilligt höjde hon ögonen och stirrade i stället på en punkt bredvid skärmen.

Efter den knappt tre minuter långa speltiden lät Harry sista bildrutan vara kvar som stillbild.

"Vad tänker du när du ser det här?"

"Inget."

"Du har kanske sett den förut" sa Tom och sköt fram hakan nära Maja, samtidigt som han tittade lugnt på henne.

"Det vet jag inget om."

"Den som filmade det här visste ju inte att hon senare skulle hittas död, mördad" sa Tom. Men jag tror inte längre att hon dog för att hon blev filmad."

"Har du möjligen någon tanke om det?" sa Harry.

Inget svar.

"Vad vi däremot vet" fortsatte han, "är att Ellinor sålde ecstasy på skolan och att hon sålde på festen också."

"Detta är ju så löjligt" sa Tom, inte utan en viss affekt. "Att tro att Ellinor skulle bli bjuden på en sådan fest för sin egen skull. Så urbota löjligt!" Han gav till ett kort skratt som lät allt annat än glatt.

"Eller vad tror du, Maja? Tror du att Ellinor blev bjuden för att hon var så poppis? Tror du det?"

Maja teg och vred sig en aning på stolen så att hon kunde se ut genom fönstret. Hennes fientliga uppsyn hade mjuknat. Nu såg hon nästan ledsen ut.

"Jag tror" sa Tom, "att Ellinor blev mördad av en person som hade anledning att vara riktigt förbannad på henne. Det är vad jag tror."

"Och om man sedan lägger till att den här personen inte går i någon skola så börjar det brännas eller hur? Faktum är att han är avsevärt äldre än era vanliga kompisar."

"Jag tror att du vet vem det är" sa Tom slutligen.

Maja lyfte armen och drämde till med ett knytnävsslag rakt i ansiktet på Tom. Sedan reste hon sig så hastigt att stolen föll bakåt med en ljudlig skräll.

"Jag ska säga till mamma att ni försöker antasta mig" spottade hon fram och sprang ut från rummet.

De två poliserna tittade häpet på varandra.

"Ja, vad fan gör vi nu?" sa Harry.

"Vad vi gör? Vi ordnar ett föräldramöte där vi visar filmen. Sedan berättar vi att det har sålts ecstasy på skolan."

"Jag tror faktiskt att de flesta har sett filmen redan" sa Harry.

"Och?"

"Jag menar bara att innan mötet kommer det att

ha spritt sig. Alla kommer att ha sett den redan."

"Så mycket bättre. Då kan ingen låtsas att de inte har förstått vad det handlar om."

*

Samtliga elever i Ellinors klass och i de två parallell-klasserna fick med sig en kallelse hem om mötet. En annons lades också in på kommunens hemsida.

Det klargjordes att svegspolisen skulle hålla ett informationsmöte och att det var viktigt att alla kom. Fikat skulle inhandlas på Konditori Cineast, ortens kombinerade café och filmmuseum. Man räknade med att cirka fyrtiofem föräldrar skulle närvara. Hur många lärare var det ingen som visste. Allt som allt beställdes sextio kanelbullar och kaffe till en nota på tolvhundra kronor inklusive moms.

Harry nöp en bulle från det framställda fikabor-det och hällde upp kaffe i en brun plastmugg.

Stolarna var framställda på sju rader med åtta i varje rad. I ett av lokalens bortre hörn stod flera sto-lar travade på varandra. Salen brukade användas för skolavslutningar, uppträden och möten av olika slag. Ett fördraget rött draperi ledde associationerna till något av feststämning. Längst fram stod en vit film-duk uppspänd på en ställning.

Klockan var redan fem minuter över sju och ännu

en kaffevagn med termosar och mjölkkannor rullades in i aulan.

När väggklockan slog halv åtta öppnades dörren. Rektorn, Harry, Margot och Tom tänkte en gemensam tanke att folk kanske hade missuppfattat tiden för mötet. Förbryllade stirrade de på Fonus-Janne som stack in sitt klotrunda huvud genom dörröppningen. Han extraknäckade som en av skolans två vaktmästare och gick nu sin dagliga kvällsrunda för att se till att allt blev släckt och låst.

*

Medan Harry och Tom hade gjort upp en strategi för vad som skulle sägas och vem som skulle säga vad, göra vad, på mötet så hade Fonus-Janne besökt polisstationen tre gånger och frågat efter Harry men fått svaret att han troligen var i Funäsdalen. Dessemellan hade Janne lunchat på Knutens pizzeria och två gånger hade han också försökt få tag på Harry via dennes mobil. Harry ville inte att man ringde honom på hans privata telefon när han var i tjänst, så Janne hade försökt undvika detta. Men nu kände han sig så otålig att nervositeten inte visste några gränser. Han hade varit ett par turer till Mysoxen för att kolla att hotellgästen med den ärggröna bilen – en konstig färg på en bil förresten – inte hade gett sig av. Han hade försökt tänka ut vad han skulle kunna säga för att förmå mannen att stanna kvar lite till och för säkerhets skull hade han skrivit ned bilnumret i sin smartphone som han alltid hade i bröstfickan tillsammans med en laddare ifall batteriet skulle ta slut.

Det namn som stått på ID-kortet och som han också skrivit in i liggaren, trodde han inte var det riktiga. Han hade hört talas om att det gick att fixa falskt körkort på nätet, så det var säkert ingen match om man var förslagen.

Han hade tänkt fram och tillbaka, men ingen vart hade han kommit med det. Hans mamma brukade alltid säga att han inte skulle lägga ner så mycket energi på sådant som han inte var så bra på. Bättre då att använda sina förmågor till annat. Hugga ved och rensa i landet till exempel. Snickra till huset, dra ledningar och sådant. Han hade alltid tyckt att den utsagan sa mer om henne själv än om honom, för han ansåg sig inte vara trög i tankeförmågan. Bara ointresserad av att ordna upp saker. Men när det gällde att komma på nya ting, då var han flink minsann. Nytt och spännande. Det var hans melodi.

När han senare på kvällen stack in huvudet i öppningen till aulan tog det inte mer än exakt två sekunder så hade han greppat hela situationen. Där stod de. Fyra ögonpar som riktades mot honom och deras besvikelse hade man kunnat tapetsera väggarna med. Glad blev han själv förstås för nu skulle han äntligen få avlägga rapport om gästen på rum nummer tolv och dennes anskrämligt fula bil, som han ju hade sett och lagt märke till mer än en gång. Nu skulle han berätta om sina misstankar. Och äntligen få känna att han var till nytta.

18.

"Du menar alltså att du har sett just en sådan gammal bil i närheten av Linsell samtidigt som Ellinor försvann?"

Harrys överraskning var inte att ta miste på. Han kände själv hur han satt och gapade medan han lyssnade till det som Fonus-Janne försökte beskriva.

Enbart upplevelsen av denne mångordige man med sitt minst sagt röriga intellekt, kunde vara nog så besvärligt. Men att förstå vad det var han försökte säga; vilket Harry nu trots allt trodde sig ha kunnat bringa reda i.

Sålunda; att en en grön Ford Taunus, troligen från början av 80-talet, hade setts på vägen mellan Linsell och Sveg under nyårsnatten. Efter detta tillfälle hade samme man logerat minst två gånger på Hotell Mysoxen i Sveg. Efter en koll i anteckningarna från samtalen med Bengtssons, kunde det konstateras, att en av deras återkommande gäster ägde just en Ford Taunus och med färgen ärggrön, eller limegrön. Eller som Fonus-Janne föredrog att kalla den;

snorgrön, en outhärdlig dagen-efter-färg.

"Var du alltså själv på väg 84 under nyårsnatten?"

"Inte je, nej det var jag inte. Men polaren min, Anders Eriksson, jobbar ju som plogare och det hade snöat, och vid tretiden någon gång grävde han fram en sådan bil som blivit insnöad längs den vägen. Bara ett par timmar tidigare hade han sett samma bil stå parkerad på ungefär samma plats.

"Parkerad?"

"Ja, det var ju det som var så knepigt, eftersom det ju var ganska kallt. Och så det där med färgen."

"Och du tror att det var samma bil?"

"Ja, för det var också lite sjukt med bokstäverna, eller vad man ska säga. Helsjukt alltså."

"Vaddå?"

"Ja, men att det var TOR." Du vet Tor med hammaren och det där."

"Jaha" sa Tom. Och varför berättar du detta först nu?"

"Jag hade glömt alltsammans men nu när jag såg den där bilen på Fjällvägen och när han som äger den klev in på Mysen. Då föll tioöringen ned, förstår du.

"Vad för något?"

"Han har ju bott här ett par gånger."

"Jaha?"

"Han har sagt en gång att han brukade bo på det

228

där B&B:t på Remmet. Nu när jag såg bilen och så honom så kom jag ihåg det där med att han stått insnöad inte så långt därifrån samma djävla natt som jänta försvann. Håll med om att det är mysko."

"Så han fanns i bilen när plogen kom?"

"De är ju dä jä säj."

*

De gav sig av i ilfart till hotell Mysoxen, Fonus-Janne plockade fram liggaren och pekade på namnet.

"Herbert Svensson" sa Tom. "Vad är det för konstigt med det?"

"Men" sa Janne. "Låter lite som ett skämt, typ Alias Smith and Jones."

"Vi har ju inget att gå efter, egentligen" sa Harry. "Innan vi har fått fatt i Plog-Anders så är den här killen nog långt borta."

"Man kan alltid plocka in bilen för teknisk undersökning" sa Tom. "Har Ellinor suttit i den här mannens bil så lär man väl hitta något."

"Så promenerade man uppför trappan till rum nummer tolv och knackade på dörren. Inget svar. Istället hördes en bilmotor starta och när de kikade ut genom fönstret i den övre hallen, kunde de se en grön bil svänga ut och nedför Fjällvägen.

"Han kör mot Svegssjön, vad i hela friden ska han

dit å göra?" sa Fonus-Janne. "Vad i hela...?"

"Han kommer inte långt åt det hållet. Vi hinner säkert ikapp" sa Harry och sprang snabbt nedför trapporna och ut till sin egen bil. Han gjorde en rivstart och en u-sväng så att det skrek i däcken. Tre minuter senare körde han om Ford Taunusen. Detta var strax innan de nådde fram till Svegssjön. Han gjorde en ny snabb sväng och ställde sin bil på tvären för att på så sätt tvinga mannen att stanna. Den överraskade bilföraren manades att kliva ur sin bil och blev tillsagd att sätta sig ner på marken med händerna på huvudet.

Harry lade ifrån sig pistolen som han plockat ut från handskfacket och tog upp penna och block ur bröstfickan för att anteckna klockslaget.

Strax därpå anlände Fonus-Janne med Tom i passagerarsätet på begravningsbilen.

Inga ord hade ännu hunnit utväxlas. Men Harry mumlade något svårhörbart som han trodde kunde passa.

"Vi kommer att beslagta din bil för teknisk undersökning och under tiden blir du kvar i Sveg."

"Men jag har ett möte klockan tolv i morgon i Mora" sade den förbluffade bilföraren.

"Ring återbud, eller skjut fram det" sa Harry. "Detta kan ta lite tid." Han knäppte av blåljusen och startade på nytt bilen med en rivstart.

Harry ledde in mannen till sitt tjänsterum och lät honom sitta på en stol med medan han ringde till jourforensikerna i Östersund och beställde undersökning av den ärggröna bilen. Han lovade att se till att den bogserades till polishusets parkering så länge. Då upptäckte han sitt fasansfulla misstag. Han gick ut till parkeringen och granskade polisbilens tak där han ställt den lite slarvigt, men där fanns pistolen inte.

"Jag minns att jag tog den från handskfacket och att jag höll den i handen när jag steg ur bilen" sa han till Tom. "Men så kunde jag inte få upp anteckningsblocket ur fickan och då fick jag lägga den på biltaket."

Harry och Janne gav sig genast av till Svegssjön medan Tom fick vakta den förbryllade bilägaren. Efter tjugo minuter, kom de tillbaka och då med metallicbilen fastspänd i bogserlina. Men pistolen hade Harry inte kunnat hitta.

"Den måste ha åkt av när jag körde iväg. Den kan ju ligga var som helst i diket. Där är nog ganska blött nu, men vi får dragga i morgon."

*

Harry, Margot och Tom hjälptes åt att leta efter pistolen som hade legat på taket och antagligen åkt av

när Harry rivstartade med Aron Lidman i passage-
rarsätet. Margot var tacksam att hon fick vara med
och slippa tänka på avgörandet om avlivningen av
Basker. Hon hade sagt till veterinären att hon skulle
höra av sig i veckan som kom, men flera veckor hade
kommit och gått och under tiden hade hon skjutit
avgörandet framför sig. Hon kunde inte tänka i ba-
nor som att den nya hunden måste tränas och skolas
in för att kunna bli en bra jaktkompanjon. Det var
som om luften lite grand hade gått ur henne. Kanske
skulle hon lägga jakten på hyllan tillsammans med
geväret. Kanske skulle hon skaffa sig en annan hob-
by istället för en ny hund. Börja sticka? Hon ryste.
Nej inte det.

De tre vännerna vadade systematiskt igenom di-
kena, som stod helt i vatten. Men ingen pistol. Harry
svor upprepade gånger där han gick och sparkade
med gummistövlarna så att lervällingen skvätte upp i
ansiktet på honom. Satans perkele. Satan, satan!

Han tänkte på att Eskil Thamm skulle ge honom
ett helvete för det här. Varför han just kommit att
tänka på den där stroppen visste han inte. Kollegan
hade visserligen tjänstegraden över honom men han
var inte Harrys chef. Inte på något sätt. Han bara be-
tedde sig så när de råkades. Nu hade Eskil Thamm
hotat med följa med teknikerteamet till Sveg för att
ta hand om undersökningen av Taunusen.

Thamm ville försäkra sig om att ett riktigt förhör hölls med den misstänkte, hade han sagt. Men innan dess måste de ha mannens rätta identitet. Svårt att förhöra en person när man inte visste om han verkligen hette Herbert Svensson eller något helt annat.

Harry kände sig säker på att de närmaste dagarna skulle bli väl så mariga. Det fanns så många förhållningsregler och formalia att ta hänsyn till. Vad polisen fick och inte fick göra. Han hade aldrig brytt sig om att fästa så stor uppmärksamhet vid dessa. Nu skulle han bli tvungen att skärpa sig. Det krävdes nog inte några stora misstag för att Eskil Thamm skulle få ett av sina utbrott.

Tom skulle troligen inte ens få sitta med eftersom han ju inte tillhörde härjedalspolisen. Och så detta nu med pistolen. Harry kunde inte tänka sig ett sämre utgångsläge.

*

Samma morgon som Eskil Thamm skulle anlända ringde Toms mobil, redan innan han hade hunnit kliva ur sängen. Han hade varit i Härjedalen så pass länge nu att han började känna sig hemtam här. De två poliserna fungerade förvånansvärt bra tillsammans. Harry med sitt bullriga skratt och halvdana vitsar och Tom med sin analytiska, lågmälda framtoning. De kompletterade varandra utmärkt. I jobbet liksom privat. Han tryckte på svarasymbolen.

"Hej det är Liv. Minns du mig?"

Konstig fråga. Svaret kom utan att han hunnit tänka igenom vad han skulle säga.

"Nej, hur kan du tro det?"

Tystnad.

"Hur är det med lilljänta?"

"Hon heter Kira, morbror; Kira!"

"Ja, ja, jag vet. Kira, hur mår hon? Och hur mår du själv?"

"Det är urvisset. Så nu vet du det."

"Men lilla vännen, har det hänt något?"

"Inget anmärkningsvärt. Jag är bara så trött, så trött. Hon vaknar mycket på nätterna och jag får inte sova. Och Peter han sover som en stock, förstås."

"Du kan väl väcka honom."

"Knappast. Det är jobbigare än att byta blöjor och mata henne. Men jag känner mig helt utsliten."

"Kan jag göra något?"

"Du kan ju knappast amma henne."

"Nej men jag kan gå långa promenader så att du får vila. Hur är det förresten med Devin? Har du pratat med honom?"

"Usch, varför ska du påminna mig? Jag borde ha gjort det för länge sen. Men det känns så förbannat svårt.

"Så han vet inte att han har blivit pappa än?"

"Han tror att Kira är Peters."

"Tror du inte att han skulle vilja veta det?"

"Om jag bara finge sova, så tänker jag. Då skulle jag orka så mycket mer."

*

Tom beställde biljetten till Malmö. Harry skulle ändå få fullt upp och så mycket mer kunde han själv faktiskt inte bidra med nu när Eskil Thamm skulle komma tillbaka.

"Du ska ha stort tack för all din hjälp" blev Harrys kommentar.

"Vi kan ju alltid dryfta saker per telefon, om du vill" sa Tom.

När morgonen kom hade Eskil Thamm redan installerat sig, precis som förra gången, i Harrys arbetsrum. Harry var glad att få en andningspaus och erbjöd Tom skjuts till Svegs Flygplats.

Under den korta färden till flygplatsen satt de båda tysta och tankfulla. Endast ytterligare en passagerare väntade på att få kliva ombord.

En kvart senare skiljdes de åt med en kram och så lovade de varandra att hålla kontakten. Harry sa att om bara den här historien var över, då skulle han komma ner till Malmö och hälsa på. Han tänkte med glädje på Mona och hoppades att hon fortfarande bodde ensam.

*

Tom klev ombord på flygplanet som hade plats för betydligt fler passagerare.

Planet skulle gå till Stockholm och därifrån gick turen direkt till Kastrup i Köpenhamn. Snabbt, enkelt och inga konstigheter. Han skickade ett SMS till Liv om att han kunde komma över inom ett par timmar.

Lite tråkigt tyckte han det var att inte få vara med om upplösningen. Han var minst lika nyfiken på vad den här försäljaren kunde ha att berätta, eller snarare kanske var hans brytpunkt fanns. De hade ju kommit igenom skalet med Maja. Det var bara det att de inte hade insett det i tid. Både Tom och Harry hade varit så förbluffade att de kände sig tagna på sängen.

"Vad hade vi väntat oss egentligen?" hade Harry sagt efteråt.

"Jag hade väl inte trott att hon skulle börja gråta precis, men ändå. Men något annat än en snyting."

Nu visste han svaret. Maja kände mycket väl till om filmen och om vem som hållit i filmkameran.

Hon hade blivit riktigt rejält rädd när hon förstod att polisen kände till om ecstasyaffärerna. Hon hade haft sinnesnärvaro nog att inte klippa till Harry trots att det kanske hade varit enklare, för han hade suttit närmast henne. Men att slå mot en främling som inte presenterats som annat än bekant till Harry. Det gick tydligen för sig. Knytnävsslaget var hennes försvar mot eventuella obehagligheter som de kunde ha lockat ur henne.

”Hon gjorde det för att bryta av hela situationen och för att kunna lämna rummet innan vi hann hejda henne. Ren självbevarelsedrift alltså" sa Tom. ”

”Kanske vet hon också vem mördaren är" sa Harry.”

”Om du nu måste dras med den där Eskil, varför inte utnyttja situationen och be honom pressa Maja ordentligt? Smickra honom lite. Han har nog inga problem med det.”

När planet flög ut från Stockholm kunde Tom inte låta bli att le när han tänkte på vilket motstånd som Harry skulle känna inför att ösa smicker över Eskil Thamm. I princip lika otänkbart som att han själv skulle ösa lovord över Uno Holmberg. Men Eskil Thamm var, till skillnad från Holmberg, en erkänt duktig kriminalare. Så ett lagom avvägt smicker skulle kanske, om man hade tur ge resultat.

Han ringde Mona som blev glad.

"Du kommer hem lagom till desserten" sa hon. "Sista veckan har varit omstörtande minst sagt. Din chef Harald Wagnert har tvingats av facket och rikspolisledningen att gå i pension efter skandalen med Uno Holmberg."

"Vad har den fjanten nu hittat på?"

"Jo det uppdagades förstår du, att Uno hade smusslat undan dokument som tydde på att din syster trots allt blev mördad och att mordet var ett beställningsjobb för att komma åt motorcykelgängets ledare Christian Tyrell."

"Ja, han lever ju tydligen."

"Jo, visst. Men vem som faktiskt mördade henne vet man inte förstås. Uno hade stoppat bevisen i slasken som hörde till en helt annan utredning."

"Ja där kan man ju hitta en hel del smått och gott som åklagaren aldrig lägger fram."

"Det roliga i kråksången var att just den utredningen gällde en gammal mopedstöld och dokumenten skulle aldrig ha blivit hittade om inte ärendet hade aktualiserats på nytt när han som ägde mopeden blev åtalad för inbrott."

"Jag kan tänka mig vilket rabalder."

Tom kunde inte låta bli att skratta.

"Så nu är Uno tillbaka som polisinspektör – på ordningen, istället för på krim."

"Rätt åt honom. Men varför halshugga Wagnert?"

"Det gjordes en internutredning och de kom fram till att Wagnert inte hade haft rätt att tillsätta tjänsten som kriminalkommissarie med Uno Holmberg. Men jag tror inte att detta var allt. Hans namn hade förekommit i en del riktigt skumma sammanhang. Bland annat med den där ligan som Christian Tyrell basade för.

" Jag har nog misstänkt att Wagnert inte hade alldeles rent mjöl i påsen, sa Tom."

Mona skrattade gott och Tom kom på sig själv med att falla in i glädjeyttringen. Men sedan blev det tyst en stund. Så harklade hon sig och sa;

"Hur är det med Harry? Synd att han inte bor i Malmö."

"Ja ni två kom ju bra överens. Men du kan väl flytta upp."

"Till det kallhålet? Aldrig. Han får allt komma ner hit och hälsa på, tänker jag."

Innan de lade på påpekade hon att nu var det kanske inget som hindrade att Tom gjorde ett besök på krim.

"Nu har de ju ett rum ledigt."

"Kanske rent av att man skulle skjuta upp den där för tidiga pensionen" sa Tom. Och ju mer han tänkte på det, så kände han sig genast mycket, mycket glad.

Han hade saknat sitt arbete lika mycket som hade längtat efter att ha någonstans att ta vägen. Att vara på väg, det var ju det som var meningen med livet. Rörelsen, tempot, upplevelserna. Att vara till nytta och att åstadkomma något som var till gagn för någon annan.

19.

Förhör med Aron Lidman.
Närvarande: Kriminalkommissarie Eskil Thamm och polisinspektör Harry Hansson.

"Du var alltså i Härjedalen under nyårshelgen. Förklara för mig varför i hela fridens namn reste du hit just då?" sa Thamm.

"Jag har vissa fasta kunder som brukar köpa av mig."

"Bor du på hotell när du är här?"

"Det händer."

"Ett par gånger vet jag att du har bott hos Bengtssons B & B på på Remmet."

"Det stämmer."

Harry satte armbågarna i bordskanten och lutade sig närmare Aron Lidman, som instinktivt ryggade tillbaka.

"Hur var det tycker du? Var det bra stämning?"

"Det vet jag inte" sa Lidman. "Rent och snyggt och så är det billigt."

"Så du övernattar där för att det är billigt?"

"Och så ligger det på lagom avstånd. En övernattning bara och så kan man köra hela sträckan till Mora nästa dag se'n."

"En sak som jag funderar över, vad tycker du om barnbarnet?" sa Eskil Thamm, medan han noga iakttog mannens reaktion.

"Barnbarnet...?"

"Ellinor Rydholm. Hon heter Ellinor Rydholm."

"Jaså är det så hon heter... Hette. Jag vet ju att flickan är död. Det stod i Östersundsposten. Jo, jag har nog sett henne där någon gång."

"Bara någon gång? Vet du hur många gånger du har övernattat på Remmet?" sa Harry.

"Tre, kanske fyra. Jag åker bara upp hit nå'n gång om året."

"Vi har tittat i Bengtssons liggare och du har nog övernattat minst fem, sex gånger under de senaste arton månaderna. Kan du förklara det?" sa Thamm.

"Då har jag väl varit här oftare än jag trodde."

"Kan du tala om varför du den senaste gången valde att övernatta i Sveg? Jag menar det skiljer ju ganska avsevärt i pris per natt."

Lidman ryckte på axlarna.

"Det blev väl bara så."

Då reste sig Eskil Thamm upp och spretade ut med fingertopparna samtidigt som han pressade dem mot bordsskivan.

"Vet du vad jag tror? Jag tror att du ville undvika

att träffa Bengtssons. Jag tror dessutom att du kände Ellinor ganska väl och att du vet exakt vad som hände med henne."

Aron skakade på huvudet.

"Jag tänkte att B&B:t inte skulle vara öppet efter det där. Det var väl det..."

"Så du har tänkt" sa Eskil Thamm spydigt. "Hur visste du att Ellinor Rydholm var Bengtssons flicka, du visste ju inte vad hon hette?"

"Det fanns en bild. Jag kände igen henne."

"Efter att ha träffat henne bara en gång?" Nu var det Harry som var hånfull.

Han ställde sig bakom Aron och lutade sig över hans axel så att han kunde känna den misstänktes andedräkt. Den luktade surt.

"Det är välan lite märkligt att du håller dig uppdaterad med vad som står i lokalpressen under den del av året som du inte är här. Har du något annat intresse av Härjedalen, förutom att sälja kontorsapparater? Kanske någon avlägsen släkting? Eller är du möjligen en av de ytterst få personer som läser alla nyhetsmagasin från pärm till pärm?"

Harry överraskade sig själv med att vilja ge Eskil Thamm en uppskattning för att förhöret gick så bra. Men han behärskade sig när han tänkte på hur outhärdlig kollegan skulle bli. I vilket fall som helst hyste han nu ett visst hopp om att de faktiskt skulle kunna knäcka motståndet hos denne man.

"Jag tror att du går omkring med dåligt samvete" sa Thamm. "Du äter Losec mot dina magsyror. Du svettas om nätterna och du drömmer mardrömmar om femtonåriga flickor som du just har tagit livet av."

Lidman ryckte till.

"Alla har väl något man är orolig för. Jobbet och ekonomin. Allt måste gå ihop. Och så den förbannade bilen, att den ska lägga av när man är mitt ute i bushen nå'nstans och då kanske mobilen dör. Det är sån't jag äter Losec för. Men nå'n mördare är jag inte."

"Nej nej nej, det tror jag inte alls", sa Thamm övertygat. "Den oro *du* bär på, min gode man... är att bli avslöjad."

Nu låg det där och tyngde, det som Thamm hade syftat på. Rummet som de tre männen befann sig i fylldes av en kompakt tystnad. Harry noterade att han inte ens kunde höra Lidmans flämtningar.

"En annan sak" sa Thamm: "är du bekant med glädjepiller? Ecstacy?"

Lidman såg bestört ut. Hans ansikte hade nu antagit en högröd färg.

"Öh. Bara hört talas om, så där".

"Så då var det inte du som försåg henne?

"Med vaddå?" sa Lidman osäkert.

"Vi vet att någon försåg henne med narkotika, var det du som gjorde det?"

"Nä, nää."

"Den saken får vi kanske återkomma till när teknikerna gjort sitt. Jag är inte säker på att det är sista gången vi talas vid."

"Hur som helst, fortsatte Thamm. Jag tror att du plockade upp Ellinor på Nyårsnatten. Hon kände igen dig, så det var inget konstigt med det. Här uppe vet man att lita på folk."

Aron Lidman svettades.

Harry fyllde i: "Du skjutsade henne. Men vad hände sedan?"

Lidman tittade hjälplöst först på Tham, därefter på Harry, sedan på Tham igen. Han försökte stamma fram något, men rösten svek honom så han teg.

"Det jag gärna vill veta" sa Thamm, är; "Vad är det som får en man att först våldta en femtonårig flicka och därefter kväva henne till döds? Som kronan på verket, fraktar han henne till en myr och lägger henne under en gran?"

Aron skakade på huvudet.

"Man kan föreställa sig vad de vilda djuren skulle göra med henne" fortsatte Thamm. "Stannade du kvar en stund för att se vad som sedan skulle hända?"

"Nä, det gjorde han nog inte" sa Harry vänd mot

Eskil Thamm. "Det var nästan tjugo minus och så var det ju mitt i natten. Talar vi varg och lo eller järv så kunde de lika gärna ge sig på honom som på den döda flickan."

En stunds tystnad. Aron skruvade på sig.

Eskil Thamm sa; "Mördaren räknade nog med att djuren skulle slita henne i stycken. Att ingenting skulle finnas kvar på brottsplatsen efter långa vintern. Och tro mig, jag fattar inte varför de lät henne vara ifred. Efter så här lång tid borde allt varit bortslitet utom håret. Benbitar hade legat utspridda inom en radie av minst sex – sjuhundra meter."

Harry fyllde i; "Hittar man en benbit eller knota ute i markerna så kan man ju tro att det kommer från något villebråd. Att det skulle härröra från en människa är kanske inte det första man tänker på."

"Men av någon anledning blev det inte så. Man kan ju tacka den ovanligt milda hösten för det" sa Thamm. "Det fanns gott om mat ute i naturen och eftersom snöandet inte satte igång på allvar förrän under julveckorna så hade djuren den mat de behövde."

"Jag har inte gjort något." Aron Lidmans tonfall var på gränsen till förtvivlan. "Varför tror ni att jag skulle göra något sådant?"

"Bra att du tar upp det" sa Thamm blixtsnabbt. "Din bil. Din gröna Ford Taunus har iakttagits på väg 84 vid ungefär samma tid som flickan Ellinor Rydholm försvann från en fest i Linsell."

"Bara någon timma senare fick du dessutom hjälp av plog-Anders att ta dig upp från dikeskanten också på väg 84" sa Harry.

"Jag minns den natten" utropade Lidman. "Jag minns den faktiskt mycket väl. Det kom ett kraftigt snöfall och jag blev tvungen att stanna för sikten var lika med noll. Jag kunde inte fortsätta."

Han tog ett djupt andetag och fortsatte:

"Menar ni att jag trots den dassiga sikten skulle ha passat på att mörda ett barn medan jag ändå bara väntade?"

"Vi är bara intresserade av fakta" sa Tham sansat. "Kan du redogöra exakt för vad du gjorde mellan klockan tjugo på nyårskvällen och klockan halv tre på nyårsdagens morgon?"

"Det kan jag visst det" sa Lidman. "Mellan klockan nio och halv elva på kvällen körde jag från Funäsdalen. Strax efter Linsell vräkte snön ner så jag blev tvungen att stanna och vänta."

"En väntan som tog; låt se... tre timmar."

"Jag vet inte vad klockan var. Dessutom hade jag halkat ner med bakändan i diket."

"Och där satt du tills din bil var helt igensnöad, innan du kom på att du kunde ringa efter bärgning."

Aron undvek att se någon av poliserna i ögonen.

"Ingen har sagt att du har gjort något" sa Harry.

"Vad vi säger är att vi tror att hon liftade och att du plockade upp henne på vägen. Så långt kan vi väl vara överens" lade Thamm till.

Aron svettades. "Jag fattar vad ni tror, men jag är faktiskt ingen mördare" sa han. "Jag har inte gjort något."

"Men du erkänner att du plockade upp henne på nyårsnatten?"

Aron Lidmans kropp sjönk ihop som en sandsäck. Hans ansikte hade blivit blekt och blicken matt. Han orkade inte kämpa emot längre.

"Berätta nu så att du får det ur dig. Jag lovar att det kommer att kännas bättre sedan" sa Harry.

"Jag har sagt allt jag vet. Ska ni fråga mer så vill jag ha en advokat."

Harry fällde ihop sin pärm och de båda poliserna gick mot dörren. Under fikapausen pratade de om förhöret med Aron Lidman.

"Det som jag inte blir klok över är varför han går omkring med ett falskt id-kort" sa Harry.

"Bra att du påminde mig" sa Thamm. "Detta måste vi också kolla upp. Han kan ju faktiskt nyligen ha gjort ett helt lagligt namnbyte."

"Man brukar väl i så fall välja ett namn som är roligare än det man redan har" sa Harry. "Som man gillar bättre, menar jag."

Eskil Thamm valde att tiga. Att Harry själv bytt ut sitt dopnamn Elof, till det mer internationella Harry, visste så klart de flesta i länet. Detta namnbyte hade gett bra många anledningar till skämt under fikapauserna.

Harry visste det, för han hade av misstag fått ett mail som skickats ut internt till alla anställda i Östersund. Hur han hade råkat halka med på den listan förstod han inte först. Men så mindes han att det måste ha skett i samband med helgkursen i Östersund.

I mailet stod;

Har ni hört det senaste, folk? I Sveg har vi vår egen Dirty Harry. Elof Hansson tänker tydligen ta i med hårdhandskarna nu, åtminstone av namnet att döma.

Och så en asgarvande smiley efter det.

*

Tham gjorde sig redo att återigen återvända till Östersund. Harry var tacksam. Han hade ännu inte berättat om det förlorade tjänstevapnet. Han kunde gott tänka sig vilka öknamn han skulle få efter det. Dirty Harry hade han ju redan.

Kanske skullePistol-Harry, bli hans nästa. Han kunde se rubrikerna framför sig i Tidningen Härjedalen. Rubriker som inte lämnade någon pardon.

Polis på väg från brottsplats
glömde pistolen på biltaket

Den tekniska undersökningen av den ärggröna Ford Taunusen, visade inget som motsade det Aron Lidman själv hade sagt. Luddet under flickans naglar kom med största sannolikhet inte från någon bilmatta, som Harry först hade tänkt föreslå. Snarare var det ett luddigt syntetmaterial som kom från till exempel en plyschsoffa eller en filt. Eskil Thamm trodde mer på den varianten om han skulle vara ärlig och det fanns nog inte mycket som kunde driva honom i någon annan riktning. Han lät sålunda meddela att Aron Lidman skulle släppas i brist på bevis. Dock fick han inte lämna landet ifall man skulle behöva kalla in honom till förhör igen.

Trött och lite sliten satte sig Eskil Thamm åter i sin bil för att köra de 20 milen tillbaka till Östersund. Under den tre timmar långa färden (inklusive en kvarts fikapaus i Svenstavik) funderade han på något han hade sett för en vecka sedan på polisstationen i Östersund. Ett A3-ark med text och ett par bilder. Han slog knytnäven mot pannan minst en tre fyra gånger. Det störde honom att han inte kunde komma på vad det var som verkat så bekant med de där ansiktena. När han slutligen kom in till en av polishusets korridorer och stod mitt emot anslagstavlan, såg han det.

Han drog då genast upp sin mobil och tryckte in Harrys nummer.

"Hördudu, kan du ta och vara vänlig och kolla upp den där Åke Berggren. Ellinor Rydholm hittades ju på hans marker."

"Jag har redan pratat med honom."

"Jag har ett anslag framför mig här med brottsdömda pedofiler och Berggren finns med bland dem. Jag har nu kollat upp honom. Han dömdes så sent som 2005 för att ha antastat en flicka i tolvårsåldern. Efter det flyttade han från Östersund."

"Vet du säkert att det är han?" sa Harry. "Namnet är ju inte jätteovanligt."

"Det är han. Plocka in honom fortast möjligt. Jag tror absolut att det kan ge något."

"Men om han inte har gjort något sedan dess så..."

"Larva dig inte. I nitti fall av hundra så begås sådana här mord av någon som kände offret. Detta vet du lika bra som jag."

"Har vi avfört Aron Lidman från utredningen?"

"Kanske inte. Men jag satsar på Berggren jag."

Harry tryckte av samtalet. *"Jag satsar på Berggren jag"* härmade han irriterat, samtidigt som han tänkte att Eskil Thamm inte visste ett förbannat dugg om vare sig Åke Berggren eller någon annan i det här landskapet. Under de tretton år som Harry hade känt Åke hade denne gett intryck av att vara en blid person som inte gjorde mycket väsen av sig.

Men eftersom nu Eskil beordrat honom fanns det inte mycket att välja på. Han fnös vid tanken på att somliga trodde sig veta allt om andra människor. För egen del ville han inte på något sätt skryta med att besitta sådana kvalitéer. Han tänkte på Toms råd att dra nytta av Eskil Thamms självsäkerhet snarare än att låta sig tryckas ned.

Så han satte sig i bilen och körde åt nordväst. Två mil senare tog han av på vägen ner mot Glissjöbergsdalen och knackade på Åke Berggrens blåmålade dörr. Detta hörde verkligen inte till formalia. Men han tyckte det var lika bra att få det överstökat. Ibland måste man sätta regelboken på undantag.

Den tunnhårige lite satte mannen, säkert två huvud kortare än Harry, öppnade dörren efter tre knackningar. Hans ögon lyste av rädsla. Ja de lyste faktiskt. Harry satte händerna i sidorna och harklade fram sitt ärende.

"Eftersom du äger marken där vi hittade jänta så har jag fått order att kalla in dig till förhör. Det är bra om du kan komma på en gång."

"Visst, naturligtvis. Kan jag ta min egen bil?"

Under ett mycket kort ögonblick tänkte Harry att

det allt skulle vara skönt om han slapp skjutsa tillbaka honom efteråt. Men efter en stunds betänketid bestämde han sig.

"Det är nog bäst om du åker med mej så det blir riktigt gjort."

Åke Bergren klev spakt i ett par slitna skor och stängde ytterdörren.

"Du kanske ska låsa" sa Harry.

"Äh, vem skulle leta sig ända ut hit? TV:n är från 70-talet och radion är ännu äldre. Pengar har jag inga" muttrade gubben. "Och kommer det nå'n så är det bättre om han slipper bryta sig in."

De åkte under tystnad. Harry kände sig tom i skallen efter gårdagens lite väl sena afton på Knuten. Eller rättare sagt; gårdagens lite väl alkoholstinna afton. Som så ofta numera så ångrade han att han alls hade gått dit. Sådana kvällar blev sällan särskilt trevliga eller upplyftande. Det slutade alltid med någon form av bråk och ingen av de som varit där kunde dagen efter säga exakt vad som hade inträffat. Samma mönster upprepades kväll efter kväll. Han hade på förhand bestämt sig för att inte beställa in en tredje öl efter uppäten pizza. Två öl fick räcka. Och ingen starksprit. Men det hade slutat som det brukade i alla fall.

Skulle man vara nogräknad så borde han inte ha satt sig bakom ratten på minst en timme. Men bara tanken på att sitta på kontoret och plågas av illamående och huvudvärk gjorde att det kröp i kroppen på honom.

Färden fortgick utan att ett ord växlades mellan dem. Det var som om båda tänkte att det lilla de hade att säga varandra nog var bäst att spara till själva förhöret. Så det fanns något att anteckna.

Ingen av de båda männen trivdes med att älta gamla sanningar i onödan. Och sanningen var den att varken Harry eller Åke hade någon större lust att säga något över huvud taget. Eftersom det inte fanns så värst mycket att tillägga.

Inne på kontoret tryckte Harry igång den lilla bordsfläkten som han inhandlat för egna pengar via postorder. Just idag tyckte han att den var guld värd.

Han hade inte bett Margot vara med den här gången. Han tyckte nog att hon hade börjat komma lite för nära det polisiära arbetet. Ville det sig illa kunde Eskil Thamm lämna in skriftligt klagomål på att lokalbefolkningen hade insyn i sådant som var strängt polisiärt och hemligt. Detta kunde försvåra utredningen och i förlängningen bidra till att brottslingar gick fria. Något sådant ville han inte ha på sitt samvete, även om han inte var någon vän av alltför petiga regler och förordningar. Åtminstone inte om dessa hindrade honom i hans yrkesutövning. Normalt sett fanns det ju ingen som kunde anmärka eller klaga på hur han skötte sitt jobb, eller ens om han underlät att sköta det. Som till exempel när han stannade hemma några timmar extra på grund av bakfylla.

Så nu var det alltså bara han själv och Åke Berggren. Harry hällde upp kaffe i två porslinsmuggar och satte fram paketet med sockerbitar och en tesked.

"Jag har alltså fått order om att förhöra dig angående att vi hittade Ellinor Rydholm vid dina ägor. För visst äger du väl skogen där intill?"

Åke svarade med en huvudrörelse att det gjorde han.

"Förhörspersonen nickar" noterade Harry i protokollet.

Han bläddrade mellan några väl tummade sidor i pärmen med polisens interna förhörsmanual. Han tog en klunk av sitt mikrovärmda kaffe och gjorde en grimas som fick näsan att se egendomligt hoptryckt och sned ut. Han hade glömt att räkna måtten.

Också Åke drack av mikrokaffet som Harry hade hällt upp åt honom men han visade ingen min av att ogilla vare sig kaffet eller situationen som sådan.

"Jaha, och om du skulle ta och tänka tillbaka på Nyårsafton. Företog du dig något under och eftermiddagen och kvällen?"

"Jag gjorde nog inte så mycket egentligen. Jo tanten ringde och önskade gott nytt år" sa Åke.

"Gick du ut någonting?"

"Det gjorde jag väl. Jag hämtade nog ved tror jag."

"Vad tycker du om sådana där helger? Nyår, jul och midsommar och så."

"Det är nog inget för mig. Jag slipper helst."

"Du kanske inte gillar att umgås med folk annars heller."

"Verkligen inte."

Harry reste sig, gick ett varv i rummet och satte sig sedan igen.

"Du, jag hörde från Östersund att du fick en dom. Visserligen är det länge sedan och redogörelsen i den var ganska vag, men du dömdes till böter för ofredande. Sexuellt ofredande. Eftersom det rörde sig om ett barn räknas det som ett pedofilibrott. Kan du berätta om vad som låg bakom?"

Åke harklade sig och gjorde en ansats att säga något. Först hittade han inte orden. Sedan kände han sig arg. Arg och kränkt.

"Folk kan inte sköta sitt. Det finns alltid sådana som ska lägga sig i. När de misstänker nå't så måste de anmäla. Skit samma om det drabbar en oskyldig."

"Man brukar inte bli dömd om man inte har gjort något."

"Kanske inte, men anmäld kan man bli."

"Men vad gjorde du?"

"Jag brukade promenera runt kvarteren där jag bodde. Ibland så kunde jag vila på en bänk. Och där fanns en lekpark."

Han gjorde en paus och fortsatte;

"Sedan var cirkusen igång. Och innan jag hann blinka så fanns det socialassistenter som intygade både ditt och datt."

"Du ska ha pratat med barnen, bjudit dem på godis... Är det inte just det man brukar säga om fula gubbar att barnen skall akta sig för sådana som bjuder på godis?"

"Jag är ingen ful gubbe!" sa Åke harmset. "En gång kom en flicka och gav mig en kram. Hon sa att jag var snällare än hennes pappa och att hon ville att jag skulle vara hennes pappa."

"Vad gjorde du då? Kramade du henne tillbaka?"

"Jag hade precis rest mig upp och skulle gå hem. Då kom hon fram och kramade om mig. Jag klappade henne lite på ryggen. Det var inget illa ment. Men någon hade tydligen sett det där och så blev det som det blev. Jag kunde ju inte neka till att jag hade rört vid henne. Men det var inget skamligt."

"Du måtte väl ha fattat att du inte borde ha kramat henne tillbaks?"

"Då tyckte jag inte att det var fel. Men se'n förstod jag när alla blev så upprörda att det måste ha varit fel ändå."

"Och du har aldrig gjort något sådant igen?"

"Jag har inte varit i närheten av en lekpark sedan dess och jag har inte suttit på någon bänk heller. Men en kan ju tycka att bänkar är till för folk med trötta ben som vill sitta i en park och vila sig en stund."

"Men inte för gubbar som oss" sa Harry och smålog.

"Någon fråga till bara, sedan ska du få åka hem. På nyårskvällen och natten, vad gjorde du då?"

"Jag var bara hemma. Tittade på TV och gick och la mig ganska tidigt. Jag gick ut någon gång efter åtta för att kolla på raketerna. Det skjuts inte mycket raketer i Glissjöberg och de få som skjuts, bränns oftast av mellan åtta och nio."

"Minns du vad du såg på TV?"

"Jag såg nyheterna och vädret och där varnade de för blixthalka. Jag minns det för jag tänkte att det måste vara nere i Skåne. Här oppe vet man ju hur man kör."

"Såg du inget annat?"

"Jo det var nog nå'n film tror jag. En gammal. Jag såg halva, men sen orkade jag inte mer. Nä... jag minns inte vad den handlade om. Svartvit. Den var svartvit. Jo, Ingmar Bergman. Det var Ingmar Bergmans Det sjunde inseglet.

*

Precis när Harry plockat undan akten och skulle gå hem för dagen surrade mobilen. Uppringaren – en man – ville vara anonym men rapporterade om ett egendomligt möte på nyårsnatten.

"Du bor i Härjedalen. Var någonstans?" skyndade sig Harry att säga.

"Det kan kvitta. Men jag hörde att ni vill veta om man har sett nå't misstänkt på nyårsnatten."

"Jaha och vad är det du har sett?" sa Harry.

Hans tankar gick osökt till de otaliga gånger som han blivit uppringd på sin privata mobil av människor som ville tipsa om sådant som inte alls var något tips. Där uppringaren enbart ville gnälla på grannen som man låg i fejd med. Nu kände han sig tacksam att det här samtalet faktiskt skedde under arbetstid. Så han beredde sig att lyssna.

Han kände inte igen rösten men han kunde med säkerhet säga att den som ringde verkade komma från trakten och troligen var över de sjuttio. Mannens berättelse var något sällsam. Och den skulle hålla igång Harrys funderingar under åtskilliga timmar framöver.

En yngre man trodde han det var. Hade kört en Jeep på nyårsnatten och – viktigt att notera; på väg 84 och runt ettsnåret. Jo, han såg bilen tydligt eftersom färgen var en klarröd metallicvariant. Vad hade tipsaren själv gjort på denna väg så sent? Det mindes han inte konstigt nog. Bara att han hade sett och noterat den där jeepen och själv tänkt att det var en udda tid och ett egendomligt väder att köra omkring i framför allt.

"Jag måste nog be om ditt namn och telefonnummer ändå" sa Harry, "så att jag kan återkomma om jag har några frågor."

Men då lade tipsaren på.

Harry tänkte att det kunde väl finnas åtskilliga personer i Härjedalen som körde jeep? Och det kunde faktiskt vara massor med skäl till att man var ute på nyårsnatten.

20

Plog-Anders historia.

Harry harklade sig lite besvärat.

Plog-Anders kände alla och alla kände Plog-Anders.
Han åtog sig både plogningar och bärgningar, när
ingen annan ville ge sig ut. Genom åren hade han
räddat åtskilliga personer från att drunkna i snöhav
eller i sjöar. Hans hemmabyggda kärra var hans
stolthet. Basen påminde om en mindre traktor. På
den hade han monterat ett gigantiskt skruvliknande
fäste bestående av rejäla järnbultar och krokar. Allt
efter årstid och väderlek fäste han den tillsats som
bäst passade för uppdraget.

Han hade bärgat bilvrak från sjöar åt polisen. Han
hade dragit upp människor som hamnat off pist i
skidbacken och lätt kunde ha kvävts i snömassorna.

Det var en hel del som invånarna hade att tacka
Plog-Anders för. Han var snudd på lika populär som
Roland Cedermark men med den skillnaden att
Plog-Anders inte kunde hantera ett dragspel. Lika
lite som han tyckte om att sjunga.

"Låt mig bara säga" sa Harry lågmält. "Att vi hör

dig bara upplysningsvis. Det finns inte någon miss-
tanke mot dig i det här"

Samtidigt tänkte han att både Tom Elfversson och
Eskil Thamm skulle ha svimmat om de hört honom
nu. Men de fanns inte här och det var Harrys sak att
reda ut denna trassliga härva av ickebevis, misstänk-
ta, icke misstänkta, redan dömda och övriga perso-
ner som hade passerat Linsell under mordnatten.

"Jag förstår varför jag är här" sa Plog-Anders
plötsligt. Och ska jag säj' som jag tycher så är jag gla'
att detta äntligen blir å'.

"Varför tycker du det? sa Harry med ett fånigt le-
ende på läpparna. Han kände det och han förargades
över att han inte kunde förhålla sig någorlunda neu-
tral i sin framtoning. Mannen var något av en hjälte,
visst. Men att likt Eskil Thamm tycka sig se potenti-
ella brottslingar bakom varje stugknut, det hade
ingenting med professionalitet att göra. Själv före-
drog han att betrakta ett sådant synsätt som en yr-
kesskada. Inget annat.

Alltså satt han här med det fåniga leendet som
han inte kunde sudda bort och ställde frågor som
han för sin egen del inte kunde släppa.

"Du bärgade en kille på nyårsnatten. Nära Rem-
met. En grön bil. Minns du vid vilken tid det var?"

"Det kan ha varit en bit efter tolvslaget. Jag skulle
väl tippa på halv ett eller nå't i den stilen kanske."

"Pratade du med föraren?"

"Bara att jag sa att han skulle hålla sej bak etter."

"Efter plogbilen?"

"Det var så dålig sikt för det snöade förskräckligt."

"Hur fick du veta att han behövde hjälp?"

"Han ringde."

"Va? Hade han ditt nummer?"

"Han fannt det väl på nätet. Sökte kanske på bärgning, vad vet jag."

Harry kom av sig. Han hade inte förväntat sig detta svar. Han hade egentligen inte förväntat att något alls skulle komma ut av detta samtal. För det var ett samtal snarare än ett förhör.

"Så du kom dit och hur mycket var klockan då?"

"Det var väl efter ett."

"Så ni körde in till Sveg. Vad hände sedan?"

"Jag väckte Fonus-Janne så han kilade över till Mysen och så fick killen ett rum."

"Märkte du något konstigt med honom? Hur såg hans kläder ut?"

"Det var väl inget med de..."

"Jag menar såg han ut som om han skulle kunna ha traskat i skogen och fått blöta kläder eller fullt med snö på dem eller så?"

"Han var ordentligt insnöad så en kan tro att han hade suttit där i bilen en bra stund. Jag kan inte säga om han varit ute i snön, eller inte. Han var väl torr."

"Men hur var det? Var det mycket plogning före nyåret? Minns du det?"

"Det hade ju inte snöat så mychje. Inte så man behövde rycka ut mitt i natta."

"Du körde alltså ut efter att han ringt dig. Var du i Sveg när han ringde?"

"Alltså, jag..."

"Jag måste säga Anders. Jag beundrar dig som rycker ut och hjälper folk helg, som vardag. Du ville väl också fira nyår."

"Sanning å säga så ä je int mychje för firande. Man kanske tar sig en bläcka nå'n gång, men de e int ofta int."

"Men du hade väl inte druckit när han ringde?"

"Nej för fan, då hade han fått vänta te dan etter."

"Och du såg ingen annan ute på vägen?"

Plog-Anders såg ut som om han inte riktigt visste vad han skulle svara. Men så bestämde han sig.

"Alltså de ä ju int min sak detta, men jag såg fak-tiskt Knutssons pickup ve vägkanten. Jag tror han hade stannat för å röke, för je såg att det glödde nå't och je minns att je tänkte att killen ring' väl om han behöv' hjalp."

*

Harry kunde inte göra så mycket mer än att avsluta

264

samtalet. Han klappade Anders lätt på axeln och tackade honom för att han ställt upp.

"Vi vet alla här vilken insats du gör, om vintrarna inte minst" sa han och kände sig nästan rörd bara han tänkte på det.

"De e bare å ring, vet du" sa Plog-Anders. "Bare å ring."

Harry stod kvar i köket och såg honom gå mot sitt fyrhjulsdrivna åbäke. Och han tänkte att Anders måtte vara en riktig nörd som inte bara körde sin muskedunder-traktor i jobbet. Han hade en rejäl kärra privat också.

Medan han funderade på om han skulle gå direkt till toaletten eller om han skulle sätta på kaffehurran först, ringde telefonen.

"Eskil här. Hördu nu har vi ett ordentligt spår."

Det var tydligt att kollegan inte hade kunnat släppa tankarna på mördarjakten trots att han upprepade gånger hade påpekat att han själv var överflödig här. Och att det nu bara var för Sveg att knyta ihop säcken och sätta fast den skyldige.

Eskil Thamm berättade något omständligt hur han hade kommit till jobbet och att han först hade ögnat igenom vakthavandes helgrapport. Harry tänkte att Eskil Thamm normalt brukade gå rakt på sak utan omsvep eller omskrivningar. Denna mångordighet var inte likt honom. Inte likt alls.

"Nu har vi honom ska du se" sa han återigen.

I utskriften från den gångna helgen rapporterades sålunda att man hade plockat in en man för störande beteende under lördagsnatten. Mannen hade gjort krogsvängen i centrala Östersund och uppträtt berusat redan under förkvällen. Ett flertal krogar hade ringt och anmält men när poliser kom till platsen hade mannen hunnit avvika och fanns ingen stans att få tag på. När den fjärde restaurangen ringde för att göra en anmälan fick man äntligen ett namn på fridstöraren. Den gapige var Mats Knutsson, ägare till en maskinpark i Sveg.

Det som alla länge hade hoppats på hade så äntligen skett. Men inte som de hade trott eller förväntat. Den respektable samhällsmedborgaren hade supit bort allt sans och vett. Under de närmaste timmarna, denna lördagskväll, hade han skrikit vitt och brett om hur lätt det var att ta livet av en människa. Det visste ju han för han hade själv gjort det. Någon inte ont anande, mer ordentlig kroggäst hade dristat sig till att fråga hur det hade gått till.

"Man håller handen för ansiktet" sa den berusade Mats Knutsson.

Polisen fann honom till slut sittande på en parkbänk i centrala Östersund varpå de fraktade honom till häktet där han fick tillbringa natten. Vad han svamlat om under sin krogrunda var det knappt någon som hade lagt på minnet. Utom en man som kommit ihåg Mats Knutsson mycket väl eftersom han själv hade bott i Härjedalen och vid något tillfälle blivit nödsakad att hyra en golvslip.

Vittnet hade tidigare också noterat den tragiska händelse som hade drabbat samhället då en femtonåring hade hittats död intill en myr. Han mindes att han hade tänkt; Vad driver en person att göra något sådant? Vilka mekanismer är det som får honom att tänka att detta inte är fel?

Efter den här lördagskvällen då han stött på den kraftigt berusade Mats Knutsson, tänkte han också; Hur har en sådan människa kunnat leva med sig själv hela den här tiden? Skött sin firma, sin familj? Bevistat klassmöten med lärare och elever. Gått på minnesstund, kanske begravning... nej inte det.

Men det var väl bägaren som rann över och som fått honom att resa tjugo mil för att gå en krogrunda och försöka dränka sina kval och sina plågor i så stora mängder alkohol. Så hade han tänkt och därefter hade han ringt polisens journummer och berättat om sina misstankar. Samtalet från vittnet resulterade i att Mats Knutsson dagen därpå hämtades från sin tillnyktringscell. Något vinglig fortfarande och bakfull, leddes han in av två konstaplar till ett förhörsrum där Eskil Thamm satt och väntade.

*

Efter ett två timmar långt förhör kunde Eskil
Thamm inte för sitt liv förstå att mordet på Ellinor
Rydholm skulle ha kunnat ske så som Mats Knuts-
son verkade försöka beskriva det. Efter att ha funde-
rat en vända till beslöt han att Knutsson fortfarande
inte var tillräckligt nykter för förhör, varpå han gav
order om några timmars ytterligare tillnyktring.

I Thamms föreställning om brottets natur så var
den för pedofilibrott dömde Åke Bergren i Glissjö-
berg en av de två mest troliga gärningsmännen. Den
andre var handelsresanden Aron Lidman som man
ju redan hade grillat i åtskilliga förhör. Från honom
hade man också fått något som närmade sig ett er-
kännande. Det vill säga; Lidman erkände att han
hade skjutsat flickan och att han inte kunde minnas
så mycket mer.

En i det närmaste tom plastpåse, innehållande
spår av något mjöligt med substanser av MDMA
hade återfunnits under golvmattan i framsätet på
Lidmans bil.

*

Direkt när Eskil ringt och berättat om anhållandet av
Knutsson, företog Harry Hansson ett hembesök hos

Mats fru och barn. Han beklagade att han inte visste hur han skulle ursäkta sig, eller vad han borde säga.

”Nu vet vi ju inte hur detta slutar, men en möjlighet skulle kanske vara att Mats har läst in sig på fallet och att han i fyllan och villan..., ja han sa faktiskt så... Han kanske trodde att det var han. Jag menar, det vet vi ju alla att Mats är en hyvens karl."

Som om detta skulle kunna lindra katastrofen.

”Pappa hatade hennes morsa" inföll Madeleine.”

”Så du pratar barn" sa mamman.

”Du menar väl hennes mormor – Ester?”

”Ja, ja, han tyckte verkligen inte om henne.”

”Var han alltså ute och körde på nyårsnatten" sa Harry osäkert.

”Jag gick och lade mig tidigt" sa frun. Men det kan jag absolut inte tänka mig.”

”Finns det någon annan anledning som du kan komma på varför han skulle prata sådär?”

”Han var ju tydligen rejält full.”

”Varför åkte han till Östersund?”

”Han skulle handla reservdelar, det är allt jag vet. Att han brukar ta sig en runda när han är där är väl inget konstigt i sig. Men han brukar inte bli plakat.”

Men faktum gick inte att bortförklara. Mats Knutsson hade tre dagar senare och vid sina sinnens fulla bruk, tillstått att det var han som hade dödat Ellinor. Det var hans fel och ingen annans att hon nu var död. Och så önskade han att han hade gjort det som var rätt istället för att låtsas som ingenting. Det var hans egen förbannade feghet som hade dödat henne.

"Men *hur* gjorde du?" sa Eskil Thamm uppbragt.

"Jag kvävde henne. Allt som jag har gjort har bara varit fel från första början."

*

Mats Knutssons historia.

"Du säger att du var i Funäsdalen på nyårsafton" sa Eskil Thamm. "Vad gjorde du där?"

"Jag hade käkat middag hos en bekant. Jag trodde att vi skulle festa och att jag kanske skulle sova över."

"Men det blev inte så?"

"Nej, jag hade väl antagit lite för mycket tror jag. Men jag ville inte åka hem redan så jag gick på krogen själv istället. Där det blev lite dricka... ja så kan det ju bli ibland."

"Men du satte dig ändå i bilen. Hur dags körde du därifrån?"

"Jag borde väl inte ha kört men så blev det i alla fall. Kallt var det så in i helvete. Så jag kände mig rätt okej ändå."

Och du körde mot Sveg. Vad hände sen?"

"Jag passerade Hede och kanske Linsell och..."

"Fortsätt."

"Men så blev jag trött och då stannade jag."

"Körde du in till vägen och parkerade?"

"Jag försökte tänka. Skulle jag köra hela vägen till Sveg, eller skulle jag stå kvar här och riskera att det blev för kallt så att motorn inte skulle starta igen?"

"Vad hände se'n?"

"Jag somnade."

"När du vaknade vad var klockan då?"

"Upp emot två kanske."

"Ringde du någon?"

Mats skakade på huvudet.

"Mobilen hade dött."

"Så vad gjorde du?"

"Jag försökte starta bilen och den gick faktiskt igång."

"Jaha?" sa Eskil Thamm häpet och viftade med handen att han skulle fortsätta.

"Ja alltså bilen gick igång och då hade det slutat snöa. Jag kände mig piggare och sedan var ju allt grett, som man säger."

"Var det efter detta som du träffade Ellinor? Var det då du dödade henne?"

"Inte på det sättet."

"Hur var det då? Du blev upphetsad inte sant. Du våldtog henne helt väck som hon var och därefter

kvävde du henne och sedan tog du henne till myren
där du gömde henne under en gran, men eftersom
du hade lite dåligt samvete så kammade du hennes
hår, eller i vart fall försökte."

"Verkligen inte."

"Vad är det du inte berättar för mig?" sa Thamm.

Det hade nu gått upp för honom att Mats Knuts-
son försökte säga något helt annat än att han skulle
ha våldtagit och mördat Ellinor Rydholm. Något
helt, helt annat.

"Jag vill höra hela historien, Mats" sa han nu i ett
mjukare tonläge.

"Ellinor var... Alltså hon sa aldrig nå't, Ester. Ar-
vid visste förstås."

"Va?"

"Hur tror du det kändes i alla dessa år, jag menar
jag var ju bara nyss fyllda sexton. Inte färdig att bli
far, inte färdig för nå't egentligen. Hon teg för min
skull, inte för sin egen och inte för barnets. Utan för
min."

Nu förstod Eskil äntligen vart Mats Knutsson ville
komma.

"Du var alltså den okände pappan till Esters dot-
ter."

Tham kände att han satt och gapade och stängde
genast igen käkarna med en smäll. "Men hur...?" Det
sista sa han halvt om halvt för sig själv.

"Jag har inte dödat mitt eget barnbarn" sa Mats till sist. "Och ändå så är jag ju mer skyldig än någon annan."

"Det tror jag inte."

"Jag kunde ha tagit mitt ansvar. Jag kunde ha gett jäntan en kärleksfull uppväxt. Kanske hade både hon och Ellinor levt nu."

"Lugna ner dig" sa Thamm. "Du var inte myndig, det var Ester som gjorde fel. Inte du. Hon kunde ha blivit dömd för otukt med minderårig. Du har inte dödat nå'n."

"Det känns som om jag drev både henne och lilljänta i döden. Fatta hur det känns alltså."

Det var Harry som hade ringt Margot denna gången. Nu kunde han verkligen ta emot ett par goda råd. De satt på pizzeria Knuten. Han hade ätit en hel Tropicana och Margot hade ätit en halv Marinara med sardeller, tonfisk och musslor.

De beställde in varsin stor stark nummer två och Harry gjorde minnesanteckningar i kollegieblocket som han plockat fram ur bröstfickan. Han försökte betrakta de olika spåren så som han trodde att Eskil Thamm såg dem. Men han kände sig långt ifrån säker. Eskil Thamms misstankar mot Åke Berggren kändes fel från början till slut. Aron Lidman var han dock inte lika säker på.

"Håll med om att det kan finnas en joker här, någon som vi ännu inte har identifierat" sa Margot.

"Absolut."

Harry lät blicken flacka upp i taket, på lampan med det orangegula skenet och bort mot disken och drickakylen. Sedan mot hörnbordet där en trebarnsfamilj just hade suttit och ätit. Kvar på bordet stod tallrikar med brända pizzaskalkar, halvätna grillade tomater och en drös med svarta oliver som ett av barnen hade plockat bort.

"Jag skulle ge ganska mycket för att veta hur den personen ser ut" sa han efter en paus.

"Så vad har vi?" sa Margot.

För ett ögonblick slogs han av det absurda i att han satt här och helt öppet avhandlade målet med ett nyckelvittne. Men han kände ju Margot.

"Vi har en död flicka, en kall vinternatt... en handelsresande och en maskinparksägare."

"Så har vi en man som sover i sin bil och en annan som nästan begravs under snön och som blir bärgad ungefär samtidigt som mordet begås. Plus en butter granne, dömd för att ha ofredat barn. Och en skock fulla och oregerliga ungdomar som kan ha hittat på snart sagt vad som helst".

"Men det är något som skaver. Det känns som en sten i skon" sa Harry.

"Den ärggröna bilen. "Var kommer den in?"

”Aron Lidman äger ju en Ford Taunus i nå'n äcklig grön variant. Han har ju rentav erkänt att han gav Ellinor skjuts under mordnatten.”

”Men du tror inte att det är han som är mördaren?” sa Margot.

”Jag har lite svårt att tro att han skulle klara det. Han känns spröd… lite skör, liksom.”

”Vad är det vi missar här?” sa Margot. ”Om han nu verkligen släppte av henne som han påstår så måste det ha funnits någon mer på vägen. Nå'n som kom förbi nästan samtidigt som hon ändrade sig och bestämde att hon inte skulle fortsätta hem till fots.”

Harry knöt vänsterhanden och slog den mot skallen så att luggen hängde ner över ögonen.

”Jag fattar det inte. Jag fattar bara inte.”

”Jag undrar ändå om inte Lidman håller inne något" sa Margot. ”Var det inte nån av tjejerna? Alicia kanske, som sa att den som sålde ecstasy till Ellinor var handelsresande? Det kanske är läge för en uppföljning?”

Harry suckade över ännu en onystad tråd.

”Jag har tänkt på det. Det står på listan. Han kan ha varit hennes knarkleverantör. Men varför skulle han mörda henne?”

”Du borde nog i vilket fall ta in honom en gång till.”

”Det ska jag absolut göra. Men det är förstås inte

troligt att han erkänner."

Nästa dag checkade han med teknikerna. Undersökningen av Taunusen hade gett intressanta svar. Mycket intressanta.

21

Nytt förhör med Aron Lidman.

Harry hade bett Eskil Thamm vara närvarande och Thamm hade svarat att förhöret i så fall fick skötas från Östersund. Så det var bara att tuta iväg.

"Minns du vårt förra samtal?" sa Harry. Du sa att du hade skjutsat Ellinor Rydholm till hennes morföräldrar. Och efter en teknisk undersökning har vi hittat ett hårstrå vars DNA bevisar att hon suttit i framsätet på din bil. Har du något mer att säga om detta?"

"Det var natt herregud, det var nyårsafton. Hon liftade. Vad fan gör man? Du hade nog också stannat."

"Så du stod inte och väntade på henne" sa Thamm.

"Hur skulle det gå till? Nej jag svär, jag råkade komma förbi och jag stannade när jag såg vem det var."

"Hon tog ju sparken på väg till festen. Såg du kanske henne redan då och följde efter henne" sa Harry. "Kanske kollade du vart hon skulle. Sedan parkerade du bilen och satte dig att vänta. Det var kallt. Närmare tjugo minus. Men du hade tid. Du hade all tid i världen. Och du var förberedd."

"Teknikerna har som du vet hittat en påse med spår av Ecstacy under golvmattan i din bil. Det har visat sig att dina fingeravtryck finns på plasten.

Han gjorde ett uppehåll för att se om upplysningen hade någon effekt.

"Det vet jag inget om. Hon hade väl påsen i sin kappa och den trillade kanske ur när jag skjutsade henne hem."

Den här människan skulle klämmas åt. Harry hade ingen som helst förståelse för en sådan person. Han hade heller inga känslor som gjorde förhöret besvärande för honom. Nu ville han bara ge ormen vad han tålde.

"Jag tror att du var Ellinors kurir och nu satt du och väntade på att hon skulle dyka upp. Du hade väl matsäck med dig en termos, kanske två med kaffe för att hålla dig varm och vaken."

"Jag vet ingenting. Jag såg... henne där på vägen, bara och jag släppte av henne nedanför vägen."

"Varför körde du inte ända fram? Du hade väl ett rum stående?"

"Det gick inte att komma fram på den snöiga grusvägen med en vanlig bil" sa Aron Lidman. Det var inte plogat."

”Varför var du ute så sent, förresten?”

”Jag hade ätit en middag i Funäsdalen.”

”Jaha, vad åt du?”

”Va?”

”VAD ÅT DU?”

”Alltså hjortstek med rönnbärsgelé.”

”Efterrätt?”

”Va?”

”Vad åt du till efterrätt?”

”Hjortronparfait.”

Varför tog du ett rum på Mysen när du kunde so-
vit på Remmet?”

”Det var sent, det var nyårsafton och jag ville inte
väcka dem. De var ju inte helt unga och så var det ju
för mycket snö, som jag sa.”

”Brukar du inte planera dina övernattningar?”

”Herregud, ingenting var planerat. Min säljrunda
hade dragit ut på tiden, det händer ibland. Jag för-
sökte få ett rum på Hotell Funäsdalen där jag åt men
det fanns inget ledigt. Jag visste inte ens om jag skul-
le kunna få käk. Vad är det ni försöker säga?”

”Du ska veta att du står på gränsen ett anhållan-
de. Det kan bli livstid. Därför är det avgörande att du
talar sanning. Hur var det nu med knarket?”

”Det är ju bara en partydrog. Inget riktigt knark.”

”Jag personligen tvivlar på att du är kapabel att
mörda någon, inte ens av misstag så att säga" med-

gav Harry. "Men jag tror att det hände någonting på vägen. Lade du märke till något konstigt på vägen mellan Linsell och Sveg? En annan bil kanske."

"Ja... jo, nu när du säger det så. Jag såg faktiskt någon, men det är nog inget."

"Fortsätt!" sa Thamm.

"Jag såg en jeep fast det var kanske ingen vanlig jeep. Fasligt modern. En så'n där Wrangler, tror jag."

"Minns du vilken färg den hade?"

"Konstig fråga...den var väl röd, metallic, kanske. Jag minns nu att jag tänkte att den påminde mer om en brandbil."

"Såg du något annat?"

"Det konstiga är, men jag kan ju komma ihåg fel. Jag fick för mig att jag såg den där jeepen en gång till samma natt."

"Ja...?"

"Första gången var strax efter att jag själv hade stannat. Då var den på väg från Sveg mot Linsell, eller Funäsdalen, jag vet inte vart den skulle. Sedan när jag väl hade fått ett rum i Sveg och tittade ut genom fönstret såg jag jeepen för andra gången. Då var den på väg ut från Sveg igen. Och på morgonen när jag själv skulle ge mig av så mötte jag den igen. Det var en ganska ung kille som satt bakom ratten."

*

I allt detta virrvarr med bilar i olika färgnyanser, metallic, eller inte, traktor eller jeep verkade det för ögonblicket som om Härjedalen vimlade av gröna och röda bilar, bilar som kunde bärga, ploga, eller bara smidigt transportera ett lik till svåråtkomliga ställen.

Men frågan om varför Ellinor hade placerats så pass nära myren kunde ha mer än ett svar. Detta grubblade Harry på när han efter flera telefonsamtal denna förmiddag bestämde sig för att ta en paus och tänka igenom vad han hade fått fram.

Han skrev upp de ingående parametrarna som en lista och bredvid denna ritade han två lodräta streck som skulle symbolisera väg 84 mellan Funäsdalen, Linsell och Sveg.

Han skrev;

Ford Taunus – AL

Röd jeep – ung kille?

Traktor – Plog-Anders

Pick up – Mats Knutsson

En förflugen tanke var svår att frigöra sig ifrån: Kunde den röda jeepen vara Plog-Anders privata åk? Uppseendeväckande som den var. Var det inte just en Wrangler han hade? Måste kollas. Och om Lidman talade sanning. Vem var det i så fall som körde?

Han ritade pilar längs den utdragna vägsträckan som skulle visa i vilken riktning fordonen hade kört.

Avlånga fyrkanter ungefär där de insnöade bilarna hade stannat och klockslag när de hade stannat eller åkt.

I det ögonblicket såg han det lika tydligt som att solen sken bjärt denna vackra försommardag.

Det första han tänkte var att mördaren mycket väl visste vad han gjorde när han placerade Ellinor just där. Skälen hade varit flera:

1. Det var nästan bara möss och fåglar som vistades så nära myren. Och mössen höll sig undan vintertid. De få fågelarter som åt döda djur och som inte flugit söderut skulle förmodligen inte hacka på liket förrän all annan möjlighet till föda var uttömd.

2. Björnen hade gått i ide men brukade inte sova så nära fukt och kyla. Varg och Lo? Nej, inte heller dessa arter valde att gå för nära myrmarkerna. Det var nyårsafton, men den stränga kylan hade ännu inte slagit till. Inte förrän mot sent till kvällen frös det på.

Detta sa honom att förövaren kände sina marker. Inte nödvändigtvis att han var hemtam just i det området utan för att han vistades en hel del ute i skog och mark.

Men det som slog Harry som en blixt – något som han också hade lyckats förtränga fram till nu – var vetskapen att det kunde röra sig om två personer. En som tog livet av Ellinor och en som gömde kroppen.

Detta handlade således inte alls om dyrkan eller beundran på avstånd. Nej. Mordet var alls inte överlagt. Troligen hade det skett i stundens hetta.

Men vad var det för slags person som åtagit sig att flytta på liket? Och i så fall när hade hon blivit flyttad och varifrån? Kände gärningsmannen och den som tog hand om kroppen varandra? Hade de kanske rent av samarbetat? Han såg framför sig en scen där mördaren ringde sin bekant;

Hör du du, jag har råkat döda en tjej, men jag behöver hjälp med att göra mig av med kroppen. Kan du vara snäll och göra det åt mig?

Vad mördaren i så fall inte hade tänkt på var att hjälparen kanske inte bara kände Ellinor, han tyckte dessutom om henne. Försiktigt hade denna placerat henne ett bra stycke in i skogen, nästan ända framme vid myren. Därefter hade han dragit ut håret så att det skulle torka. Kanske var det trassligt och nu ville han göra henne fin.

Vilken idiot resonerar så? Han visste svaret. En som inte är så gammal. En kraftigt byggd tonåring och kanhända är han stort inte äldre än Ellinor. Men vad hade mördaren med festen att göra?

Svaret var enkelt; ingenting. Eller vänta nu...trots att Harry inte ville så hade han tänkt i precis samma banor som alla andra; att mördaren inte var från trakten. Det hade passat väldigt lämpligt in att det kunde handla om just en resande som dessutom brukade övernatta hos hennes morföräldrar. Det hade verkat logiskt eftersom han ju kände flickan. Visserligen bara ytligt men det betydde att hon inte skulle vara rädd för att kliva in i hans bil.

Aron Lidman hade säkert också känt en lust att göra något, men med den skillnaden att han hade förblivit overksam. Kanske hade han inte tänkt att han skulle mörda någon precis men likafullt blivit upphetsad om hon svettades och tog av sig kappan.

Harry tänkte; Aron Lidman släpper alltså av henne en bit från huset och nu skäms han för det han tänkt och haft lust med, så han fortsätter mot Sveg. Men någon kilometer senare börjar det snöa så kraftigt att han måste stanna.

Där sitter han och blir snabbt insnöad till dess att Plog-Anders kommer dit någon timma senare. Varför så länge?

Ellinor måste ha väntat där på vägen tills hon fick lift igen. Den här gången med någon som körde ett fordon som kunde ta sig hela vägen uppför backen och nedför slänten.

Flickan kliver in i den uppvärmda bilen och somnar av alkohol och trötthet. Mördaren kör in på en av småvägarna. Men så vaknar hon av att han lagt sig ovanpå henne och då skriker hon. Nu grips han av panik. Han täpper till över munnen och näsan samtidigt som han häver sig över henne för att få henne tyst.

När Harry satt här och granskade sin skiss med alla pilar som mest tycktes gå i riktning från Funäsdalen/Linsell till Sveg, funderade han över de tre pilar som utgick från Sveg. Minst två av dem gick åt andra hållet; till Linsell med endast en halvtimme, tre kvart emellan. En och samma bil. En klarröd jeep. Om nu inte Lidman fabulerade.

I nästa steg vågade han formulera tanken:

Plog-Anders är ingen mördare men han har just råkat döda en flicka och blir sittande cirka en timme i bilen alltmedan paniken stiger.

Sakta växte ett tänkbart scenario fram.

Anders försöker tänka ut vad han måste göra men till slut måste han ge upp och då har det gått en timme. Han kör ut på stora vägen igen. Sedan fortsätter han bara på måfå. Längs vägen möter han, eller blir uppringd av, en insnöad bilist. Han lägger en filt över sin döda passagerare och hjälper till att skotta fram den insnöade bilen.

Kör bak efter mig, säger han. Men allt han kan tänka på är den döda flickan i framsätet. När de kommer fram till Sveg ringer han sin son som är på fest i Linsell.

Jag har ett problem. Och du måste hjälpa mig, säger han. Och sonen hjälper till förstås. Det är han

285

som använder jeepen och det är han som kör. Först från festen i Linsell och därefter från Sveg och tillbaka ut mot Glissjöbergsmyren för att lämna av kroppen och gömma henne i snön. Sedan kör han till sin mor i Linsell och sover. Nästa morgon är det dags att frakta jeepen till pappan som bor i Sveg. Därefter är det Plog-Anders som kör med jeepen ut från Sveg till någon plats som inte är av intresse för det här fallet.

*

När han äntligen tyckt sig ha kommit på hur det kunde ha gått till när Ellinor blev dödad, kände Harry sig urlakad.

Föll bitarna på plats? En teori var det i alla fall. En teori som kunde testas.

Han satt där på sin stol i köket med en kopp kallt kaffe framför sig. Och han visste inte vad han skulle ta sig till. Det skulle krävas erkännanden från såväl far som son, för att det skulle resultera i något. Ensam skulle han inte klara av att hantera dessa krävande förhör. Han tänkte på sitt tjänstevapen som han ännu inte hade hittat och på att det snart var relativt torrt ute i markerna. Kanske skulle han företa en ny sökarrunda längs diket där han gissade att vapnet borde ligga. Så tänkte han på hur Eskil Thamm skulle reagera om han inte hittade sin pistol och om han dessutom misslyckades med att få fram erkännanden från far och son. Om kollegan hade underlåtit att anmäla honom förut så skulle han inte sitta passiv den här gången. Ville det sig illa så kunde han till och med bli av med jobbet.

När de egna funderingarna och skissandet inte hjälpte honom, tog Harry fram sin mobil och ringde Tom Elfversson i Malmö.

Tom redogjorde för att han nu var återinstallerad i sitt gamla tjänsterum och att han till och med hade fått positionen som kriminalkommissarie – den som han rimligen borde ha haft från början eftersom han ju hade varit tillförordnad kommissarie i flera år. De hade plockat fram hans ansökan från när tjänsten utlystes internt förra gången. Det hade inte tagit mer än ett par dagar så hade han sitt jobb, sin rätta lön och sitt gamla tjänsterum tillbaka.

"Kan du tänka dig" sa han förtjust, "på en av krokarna i rockhängaren där hängde fortfarande mitt gamla paraply."

Harry skrattade som han inte hade trott att han skulle kunna mitt i allt detta sorgliga. Gott och högljutt. Till sist sa han:

"Hördu, jag har ett problem och jag vet fasiken inte hur jag skall bära mig åt." Så redogjorde han för sina slutsatser om mordnatten och när han var färdig" sa Tom:

"Jag skulle ha inlett med sonen, var det Patrik, han hette?"

Och naturligtvis hade han rätt.

"Jag tänkte nog så jag också."

"Det är kanske lättare att få sonen att erkänna, om han tänker att han ska skydda pappan. Då snärjer han in sig och sedan är det lättare att få honom ur balans."

De båda vännerna bestämde att de skulle höras igen. Snart stundade semestertider och då ville de ju ses naturligtvis.

22

Andra förhöret med Patrik Eriksson

Förra gången Patrik satt i förhörsrummet på Fjällvägen i Sveg hade Harry känt sig obekväm, rent av obehaglig till mods. Han hade skämts för att han måste ställa dessa mycket trista frågor till en ungdom som just bara börjat sitt liv som vuxen. Och vilket intryck skulle inte Patrik kunna få av ordningsmakten efter detta. Harry hade inte fort nog kunnat avsluta förhöret och sedan hade det tagit flera dagar innan han känt att han var i balans igen.

Den här gången hade han morskat upp sig i förväg. Han skulle ge pojken ett vänligt bemötande precis som vid förra tillfället. Men med den skillnaden att nu visste han vilka svar han behövde för att kunna gå vidare. Nu behövde han en bekännelse om medhjälp till mord eller i vart fall störande av griftefriden om det nu kunde anses tillräckligt störande att placera en död kropp under en gran.

”Sätt dig" sa Harry, när Patrik kom in i rummet åtföljd av en konstapel.

”Min kollega i Östersund ansåg att det här samtalet bör hållas där men jag övertalade honom att vi skulle ta det i Sveg för enkelhetens skull" sa Harry vidare.

"Jaha?"

"Så nu vill jag höra exakt vad du företog dig på mordnatten."

"Mordnatten? Jag har väl inte mördat nå'n."

"Du påpekade det förra gången också" sa Harry. "Men nu har vi fått in lite nya uppgifter ser du; att du visst var ute och körde på nyårsafton samtidigt som du säger att du varit på fest. Stämmer det?"

"Alltså, jag sa kanske inte det men såklart att jag körde både till festen och sen därifrån."

"Var festen över när du körde därifrån?"

"Näe, jag menar det var den väl."

"Jag vet att du gav dig av från festen strax efter tolvslaget. Överlät du åt tjejerna att städa upp efter er?"

"Va? Näe, jag kom tillbaka och hjälpte till med städandet."

"Hur dags kom du tillbaka?"

"Vet inte... klockan ett, halv två kanske."

"Så vad gjorde du dessemellan?" Varför alls lämna festen om du ändå skulle dit och städa se'n?"

"A men jag bor i Linsell ju. Jag skulle in till Sveg en vända."

"Vad var det som var så viktigt att du måste avbryta festen och åka ända in till Sveg? Jag menar det är ju ändå tre mil och det snöade ganska kraftigt under en period då."

"Farsan...."

"Ja, vad var det med honom? Var han sjuk?"

"Näe, men han bor ju i Sveg."

"Vad skulle du hämta där?"

"Pengar till krökat. Nå'n hade lagt ut så jag var skyldig."

"Kunde du inte ha lånat det av din mamma så hade du sluppit åka ända in till Sveg?"

"Jag ville inte att hon skulle veta."

"Hur dags var detta, sa du nu igen?"

"Halv tolv."

"Var det inte halv två, sa du? Fanns det alls någon kvar på festen när du kom tillbaka?"

"Nä, de hade åkt hem."

"Så vad gjorde du då?"

"Jag stack hem till morsan."

"Varför bytte du bil?"

"Va?"

"Du körde jeepen till Sveg för att låna pengar av din far, sedan körde du tillbaka också med jeepen, men sedan körde du in igen till Sveg morgonen efter och därefter bytte du till en Volkswagen som finns registrerad i ditt namn."

"Det hade ju snöat och då var det inte säkert att

ge sig ut på vägarna med en vanlig kärra."

"Var det din pappa som sa åt dig att ta hans jeep?"

"Ja, jag menar.., nä det var väl jag som fråga."

"Så det var inte din far som bad dig ta jeepen, med tanke på att du skulle köra ut i skogen?"

"Nä säger jag ju."

"Men vi vet att du körde ut med den i skogen och där träffade du Ellinor som var på väg hem eller hur. Du träffade henne och erbjöd henne lift."

"Det gjorde jag inte alls."

"Så det var din far som erbjöd henne lift. Fast det var ju någon timma tidigare eller hur?" Då var det han som var ute och körde med plogen på skogsvägarna. Och så plockade han upp Ellinor. Då var det alltså han som..."

"Okej, jag gav henne lift."

"Vad hände sen? Tog hon kanske av sig kappan, och under den satt hon sen i bara nattlinnet. Det var därför du visste att hon hade haft nattlinnet på sig. För det var du som mördade henne."

"Äh, vad fan."

"Tänk dej för nu Patrik. Vi talar om mord. Det blir minst tio år på kåken. Tänk var du är när du kommer ut. På samma förbannade plätt som när du åkte in – ingenstans. Då har dina kompisar utbildning och jobb. Kanske familj. Men du, du har inte kommit någonstans."

"Det var inte så" sa Patrik och nu såg han uppriktigt ledsen ut.

Ska jag berätta för dig hur jag tror att det har gått till?" sa Harry.

Patrik nickade.

"Det hela var en olyckshändelse. Din pappa plockade upp henne, men hon hade tagit så mycket alkohol och droger att hon slocknade. Och av någon oförklarlig anledning så slutade hon andas. Han kanske böjde sig över henne för att komma åt någonting och då fick hon väl inte luft."

"Ja det var så han sa också."

"Sedan greps han av panik och så måste han dessutom hjälpa en insnöad bilist på väg mot Sveg. Han täckte över sätet och sedan ringde han dig."

"Okej, jag erkänner" sa Patrik utan omsvep. Det var jag som körde henne till myren. Men det var inte kul. Jag var full och mådde pyton och så händer detta. Det var ju Ellinor. Det är för djävligt."

"Hur känns det nu?" sa Harry. "Känns det inte ganska bra att du har fått ur dig det här?"

"Jo visst. Men vad ska hända med mej nu?"

"Du får göra ett uttalande och så får du läsa igenom en förhörsutskrift och sedan får vi avvakta vad åklagaren säger. Men du är ung och har aldrig varit straffad förut och dessutom var det ju din pappa som sa åt dig, vilket säkert kan anses som förmildrande."

"Men vad händer med farsan?"

"Ja det kan jag omöjligt uttala mig om, men jag kommer att ta in honom till förhör."

*

Andra förhöret med Plog-Anders

Det var nu det gällde. Harry var mycket medveten om att hela hans hans fortsatta liv och hans personliga välbefinnande skulle avgöras i och med detta förhör. Därför hade han avböjt Eskil Thamms hjälp när han erbjudit sig att bistå vid förhöret. Vad som hade gjort denne annars så självsäkre individ ödmjuk helt plötsligt avstod Harry från att grubbla över.

"Tack, det var hyggligt av dig" sa han diplomatiskt. "Men jag känner att det är viktigt att jag gör det här själv. Däremot vill jag be dej ombesörja att Anders Erikssons traktor genomsöks av teknisk personal fortast möjligt."

Tham lovade att ha folk där inom ett par timmar. Så hade Harry påmint kollegan om det lyckade resultatet av förhöret med Patrik. Tham hade mumlat något om att det ju var bra gjort. Detta erkännande var det mesta Harry någonsin hade kunnat förvänta sig av en man som Eskil Thamm.

Harry satte igång ljudinspelningen och noterade

datumet: 3 juni 2018 och klockslaget: 11.25.

”Vi har redan som du säkert vet förhört Patrik och han har medgett att han har varit dig behjälplig med att gömma Ellinors kropp.”

Anders reste sig upp.

”Har ni förhört min son, utan att je har fått veta?”

”Han är myndig och behöver inte ha målsman med vid förhör. Han ville inte ha dig med. Sätt dej ner är du snäll. Han har alltså erkänt att…”

”Jag fattar verkligen int va du yrar om" sa Plog-Anders irriterat.

Okej, vi backar lite grand.

”Det är nog säkrast det för din egen skull. Jag skulle inte vilja se att du gör bort dig med tanke på annat.”

”Vaddå annat?” sa Harry överraskad.

”Jag ser att du inte har fått fatt i vapnet än.”

”Vad menar du?” sa Harry och all hans professionalitet hade med ens kommit av sig.

Plog-Anders böjde sig fram och petade på Harrys tomma pistolhölster.

”Antar att den inte ligger i handskfacket på kärran din heller.”

Detta var första gången under alla år som Harry upptäckte den här sidan hos Anders Eriksson. Gemytlige Plog-Anders som var kompis med allt och alla. Som sådan och i egenskap av sitt yrke hörde han säkert mycket skvaller och nu kände han alltså till att Harry hade blivit av med sin pistol. Kanske hade han till och med varit ute och sökt i dikeskanten och kanske hade han pistolen hemma hos sig. Ve och elände.

Men Harry kom inte av sig helt. Han avbröt förhöret, ringde Eskil Thamm och bad denne begära en husrannsakan hemma hos Anders Eriksson på Gränsgatan.

Medan han återvände till förhörsrummet tänkte han att oavsett om pistolen fanns hemma hos Anders eller ej så skulle han själv lägga in en anmälan om att vapnet hade blivit stulet. I värsta fall skulle han då få en prickning för oaktsamhet.

Harry satte på ljudinspelningen igen.

"Du var alltså ute och körde under nyårsnatten och du hjälpte en bilist som blivit insnöad halvvägs ner i diket. Du fick upp honom och sedan körde du före och banade väg så att han kunde ta sig in till Sveg. Detta har vi dokumenterat" sa Harry.

"Men vad vi inte vet" fortsatte han, "är hur i helsike du kunde vara så grym att du låter din artonårige son begrava en flicka som du just har tagit livet av."

"Det där är inte sant. Säger han det så ljuger han."

När skeppet kapsejsar flår man varandra levande, tänkte Harry. Högt sa han;

"Men innan du hjälpte bilisten så plockade du

upp Ellinor som liftade längs vägen. Det var kallt och du tyckte synd om henne. Visst var det så?”

”Jo, jag ville väl bara hjälpa antar jag.”

”Vad var det som gick fel, Anders?” Var hon utmanande på något sätt? Hade du kanske druckit? Jag menar det var ju ändå nyårsafton" sa Harry.”Du ska veta att din son kommer att åtalas för mord, eller medhjälp till mord om du inte berättar hur det gick till.”

”Je ska samarbeta. Men je vill int att du ska anmäla sonen min för han har allri gjort nå't åt nå'n" sa Plog-Anders. ”Han gjorde bare va han ble tillsagd.”

”Så hur gick det till, Anders? Berätta så vi får detta avklarat nu.”

”Det enda är att jag vet ju inte hur det blev så dant" började han. ”Ho sluddrade. Ja ho var ju full och så somna' hon.”

”Vi vet att hon blev kvävd" sa Harry. Hur kunde det bli sådär?”

”Det kan jag inte säga. Jag ble väl arg på nå' sätt. Arg och dum.”

”Dum?”

”Ja en sån där liten en... klädde av sig i min bil. En sån där.”

”Tände du på henne?”

Han rodnade.

”Du blev alltså upphetsad. Men det var väl ingen

anledning att också ta livet av henne, eller hur?"

"Det var ju int meningen, säger jag. Det var bare en olycka. Men alltså hon tog av sig kappan..."

"Så du drog fram snorren och tänkte få dig ett gratisskjut?"

"Jag har allri gjort sånt, je var ju int spiknykter."

"Men sen hände något. Du blev avbruten."

"Hon vakna. Jag fick spel. Fatta... jag tänkte på Patrik, på firman, på mitt liv, på allt som jag har gjort och inte gjort och jag tänkte att det var väl fan att detta också skulle skita sig nu så dant."

"Så du dödade henne?"

"Jag greps av panik. Hon började skrika och hon fick inte skrika... Jag höll för munnen. Måste tysta henne. Jag hade inget val."

"Men det var väl knappast att någon skulle ha hört er mitt ute i vildmarken?"

"Det var inte där. Vi stod ju på vägen utanför huset, Esters och Arvids. Tänk om de vaknade och hörde att jänta ho skrek."

"Men du körde inte iväg med detsamma?"

"Jag satt väl ett tag. Jag vet int hur länge. Jag hade panikångest. Har du haft panikångest nån gång?"

"Om" sa Harry. Så du satt där ett tag, osäkert hur länge. Kan det ha varit en timma, mer?"

"Kan det säkert."

"Sen körde du tillbaka mot Sveg med den döda flickan i framsätet."

Plog-Anders nickade.

"Jag gjorde väl det."

"Och så ringde du Patrik som genast gav sig av från festen. Men det gjorde ingenting för festen var ju i princip ändå över eller hur? Vet du vad klockan var?"

"Kanske ett, halv två."

"Och Patrik kom och så lämpade ni tillsammans över flickan till Jeepen och han fick order om att gömma henne nära myren, men har du någon uppfattning om varför han valde just den platsen, som ju ligger på Åke Bergrens mark?"

"Alltså, jä tänkte att om ho skulle hittas så skulle man tro att det var han. Han har ju en dom, han."

"Jasså det kände du till" sa Harry. Men säg mej; var gjorde du av hennes duffel och skorna?"

"Asså, dom slängde jag i en plastpåse och så i soptunnan. Det ligger väl på tippen vid det här laget."

Harry gjorde en anteckning om att han skulle skicka ut någon till soptippen och leta. Därefter avslutade han förhöret och stängde av inspelningen.

Epilog

Harry Hansson skrev färdigt protokollet från det se-
naste förhöret med Anders Eriksson. Innan han log-
gade in på polisens intranät försökte han samman-
fatta den senaste tidens upplevelser och samtidigt
jämka ihop dessa med sina egna insatser. Han fun-
derade ett litet tag på sina personliga tillkortakom-
manden och han visste bara alltför väl att de knap-
past var ringa. Han tänkte att han inte skulle ha
kommit halvvägs utan Tom Elfversson, men även
Eskil Tham hade ju faktiskt bidragit med såväl klar-
syn som professionalitet.

Vad beträffade Eskil så behövde den mannen ing-
en påminnelse om hur bra han var och säkert skulle
det varken göra till eller från om han fick någon form
av erkännande från Harry. Men med Tom förhöll det
sig förstås på ett annat sätt.

Klockan var fem minuter i sex och hans pass var
snart slut. Om fem minuter skulle han bege sig hem
och fira helg, kanske gå en sväng på krogen och fira
att han nu hade gjort sitt allra bästa. Visst skulle det
finnas människor som inte ville tro att Plog-Anders

var den skyldige, om det nu fanns någon som över huvud taget kunde anses riktigt skyldig. Det hade funnits omständigheter och oförutsedda händelser som länkat i varandra och som rört till begreppen. Han skrev ner följande summering i sitt anteckningsblock:

Den här historien handlar om ensamhet, om främlingsskap och om uteslutning. Men också om nära vänskap. När den trygghet som man tror att man lever i krackelerar och det som inte får hända ändå sker; då rasar fördämningarna och våra mest privata känslor väller fram över gator, bygemenskap och sorg.

Han fällde ihop kollegieblocket och lade det i översta lådan. Därefter satte han sig i bilen och körde mot Svegssjön för en sista sökning efter tjänstevapnet. Han fick inte glömma att ringa Margot och bjuda henne på en ordentlig middag på Mysoxen. Sist de träffades hade hade hon äntligen tagit mod till sig och avlivat hundstackaren. Veterinären hade sagt något om att Basker också hade svårt med andningen. Dagen efter att de tillsammans hade begravt hunden på Margots tomt så hade de följts åt till hundpensionatet i Glissjöberg och tittat på den kull valpar som snart skulle vara stora nog att få lämna mamman. Margot hade veknat när en av tikarna klättrade upp i hennes knä och lade sig till ro där.

"Där är du ju" hade hon mumlat och kinderna hennes var så röda, så röda."

"Vad ska du döpa henne till?" sa Harry.

"Ellinor, förstås. Vad annars?"

Innan det var dags för sängen ringde han Tom som berättade om en sak som han hade dragit på i veckor. Att ringa Tanja en gång till. Inte heller nu fick han svar.

Han hade suttit en stund med konjaksglaset i handen och fingrat på sin mobil.

"Jag vill ju veta" sa han.

"Du kanske måste ge henne tid" sa Harry och klämde nu fram med sitt eget ärende.

Han ville höra om det kanske var dags för en skånsk semester. Han tänkte sig att de båda barndomskamraterna skulle sitta på någon uteservering kring Lilla Torg och dryfta sina mest spännande fall. Eller rättare sagt; Tom skulle få berätta om de utredningar som han var mest stolt över. Och Harry skulle bara njuta. För nu visste han att han själv också hade en viss potential, vad Östersundskollegorna än kunde tycka.

Monica Grönlund är journalist och författare i Malmö. Hon har tidigare gett ut en reportagebok *Två byar – en annan historia* 2000, en självbiografisk roman *Ut vill jag, ut* 2013 och kriminalromanen *Vargen kommer* 2017. I oktober 2017, erhöll hon Författarförbundets Henning Mankell-stipendium.-*Björnen sover inte* 2018, är hennes andra bok i kriminal-genren.

Ut vill jag, ut;
"Här finns en underfundig humor, oförutsägbarhet och auten-ticitet i berättandet som gör den läsvärd."
Bibliotekstjänst, lektör; Petra Norman (häftepos 14104343)

Vargen kommer;
"Trots att Tom är lite av en enstöring är han en lätt gestalt att tycka om, och hans polisiära, existentiella och känslomässiga sökande är intressant att följa. Grönlund lyckas också genom-gående skapa en trivsam ton som ytterligare bidrar till att le-vandegöra Tom.
Även kombinationen av storstadsmalmö och Härjedalens gles-bygdssamhällen är tacksam."
CrimeGarden / Kerstin Bergström